天馬行空 破格創新

天行者出版
SKYWALKER PRESS

籠中魔王與祭品少女

瀰霜　著
Chiya　封面插圖

推薦序——周子嘉

香港作家暨香港小說會理事

瀰霜的《黃昏交會的A.M.與P.M.》的片段還在我腦海之中，想不到她很快又交出新作。上一部作品瀰霜讓你感受淡淡然的都市愛情，新作則是完全不一樣的奇幻童話風格，讓你走進完全不一樣的瀰霜寫作世界。《籠中魔王與祭品少女》，顧名思義一個是魔王，一個是注定犧牲的少女，本來就是活在對立的世界，想不到最後讓人甚有驚喜。香港近年的流行小說中，似乎以都市愛情、武俠、推理為主流，喜見瀰霜敢於走一條不一樣的路。期待瀰霜繼續努力創作更多讓讀者驚喜的作品！

目錄

序章　白月與血祭

序　章

白月與血祭

這夜，無星無雲。

濃得化不開的黑暗淹沒大地，彷彿連空氣也壓抑得令人窒息。

風吹過，夾雜著絲絲血腥與焦臭撫過湖面，淺淺漣漪映出地上一片火海——這裡原本是一條平靜的小村莊，此刻已成廢墟，熊熊烈火正貪婪地吞噬著村莊的一瓦一木。

被火焰燃燒得通紅的夜空裡，一批黑色的半鳥人赫然降臨，圓大的金色鳥瞳冷澈倒映著無情火光。

追捕、殺戮。

不論是壯漢還是婦孺，半鳥人全沒畏懼或猶疑，冰冷的利爪濺上殷紅的血，人們絕望裡的哀號劃破沉寂，村莊一夕之間宛如煉獄。

大家……都死了嗎？

一名小女孩漸漸恢復意識，灰塵弄髒了她一頭金髮。朦朧間她想要伸手擋著刺眼的火光，這才發現自己不知被甚麼壓著。說不定是書櫃，也說不定是餐桌，她被困在本來應該是「家」的瓦礫堆中，沒辦法挪動半分。

背脊、手腳、還有頭都好痛……

爸爸、媽媽、露絲亞，你們在哪裡？

半夢半醒之間，小女孩倏然聽見微弱的嬰兒笑聲。

露絲亞，是妳嗎？

「露絲亞……」小女孩趕緊集中精神，虛弱地呼喚初生妹妹的名字。她窮盡氣力搜索聲音來源，終於在一線狹縫外，恰好窺見了她的父母。

就在不遠處，爸爸擁著媽媽，一動不動地躺在血泊中，無法合攏的雙眼裡仍殘留著恐懼。

除了悲慟，更多不解與憤怒在女孩嬌小的身體內醞釀。

為甚麼呢？

為甚麼村莊忽然遭受這種可怕的事？

母親懷裡驀地一陣騷動，染血的衣物徐徐落下，原來那裡藏著一名女嬰，帶著銀鐲的小手好奇地左抓右抓。她一頭薄薄的金髮與小女孩如出一轍，天藍色的眼睛骨碌碌地左看右看，似乎還未能理解眼前的慘劇。

「露絲亞……」

太好了，至少還有妹妹活著！

她來不及牽起笑容，也來不及落淚，龐大的黑影便覆蓋著父母的屍體。只見那些襲擊村莊，像貓頭鷹一樣的魔物狠狠地踹開父親，更伸出如枯枝般的鳥爪，直接從母親懷裡抓起了妹妹。

離開了熟悉的懷抱，女嬰立即放聲大哭，遺憾曾經拚死守護女兒的二人，如今已無力還擊。

然後，半鳥人飛走了。

小女孩目睹魔物大軍抓住她的妹妹，拍打著黑色的翅膀，陸續飛往那輪高掛於夜空的澄白圓月。

「露絲亞……」

小女孩想要爬出碎石堆追回妹妹，可惜下一刻瓦礫再次倒塌。

眼前一黑，她再次失去意識。

撕心裂肺的痛哭尖叫漸漸被木材的燃燒聲蓋過，當黑夜回歸沉寂，整條村莊只剩下一片焦土。

無辜的人類，並不知道原因。

每隔數十載，魔族便會闖進人類領土，大規模屠殺村莊或城鎮，人類只管將這種原因不明的可怕屠殺稱為「血祭」。

無辜的人類，不知道血祭的真正原因。

魔族殘殺那麼多無辜生命，擄走了初生嬰兒，只因一個解不開的詛咒。

一個連魔王都解不開的詛咒——

第1章 魔王與祭品

第1章 魔王與祭品

魔界的深處，是一片終年積雪的森林。黃昏色的天空、墨綠混雜灰白的茂密樹冠，森林的色調陰沉詭異，當中有一座古老的城堡，屹立在懸崖邊緣。

殘黃的夕陽照在城堡西翼，走廊的石柱在寬敞的地板上拉出長長影子，看上去就像一個無形的牢籠。

一名年約九歲的小女孩，她身穿厚厚的大衣，獨自在橘黑相間的走廊奔跑著。金色長髮被風吹得有點紊亂，薄薄的積雪印下了幼小又淩亂的足跡，她不時環顧四周，確定空曠的走廊和荒涼的庭園未見半個人影後，她輕輕呼出一口氣，微弱的暖意在寒風中化成一小團白霧。

這裡、躲在這裡可以了嗎？

小女孩正想要休息之際，走廊的末端忽然傳來了腳步聲，稍微放鬆的心神頃刻再度繃緊。

不好了，不能呆在這裡被發現！

響亮的腳步聲一直由遠至近，不徐不急地靠近，附近沒有任何可以藏身的角落，她只好匆忙躲在石柱後方，掩著嘴巴蹲下來。

心跳聲如雷貫耳響過不停，她勉強自己專注聆聽鞋履的節奏，那個人愈來愈接近了！

來者彷彿已來到石柱附近，小女孩終於按捺不住，趕忙挪動小小的身軀——

「哇！」她笑著跳出來，嚇得來者止住腳步。「這次嚇倒照夜了嗎……」

話音未落，她這才發現眼前的人並不是跟她玩躲貓貓的女僕照夜。

照夜總是穿著黑色的女僕長裙，這個人卻穿著褲子……猜不出來者何人，小女孩只好把頭抬得高高的，才看得見她嚇倒的人原來是個大哥哥。他個子很高很高，還有一頭棕色混雜黑色的及肩短髮。

對方表情非常不友善，一雙銳利的金眸正冷冷盯著自己，小女孩卻沒有因此閃躲，天藍色的眼睛依然直直望著他，不解地眨巴眨巴。

「露絲亞。」

小女孩聽到自己的名字，立即回神一望，便發現大哥哥的身後站著一名留有褐色短髮的女僕。

「照夜，妳在這裡啊！」熟悉的人終於出現了，露絲亞滿心歡喜地撲入她懷內。

照夜的表情有點困惑，她溫柔地梳理著露絲亞的金髮，同時怯怯地瞄向那位男生，似乎深怕露絲亞的無禮舉止會惹來責備。

「別讓她太放肆。」

幸而，男生只冷冷丟下這句便離開了。照夜聞言立即對他行禮，不明所以的露絲亞也笨拙地模仿她鞠躬。

男生頭也不回繼續前行，豈料才走幾步，便聽到露絲亞大剌剌地提問。

「那個可怕的大哥哥是誰？」

「角鴞閣下。」

「角鴞是誰？」

「是魔王大人的導師。」

「角鴞老師的眼神好兇啊。」露絲亞偷偷瞄向角鴞的背影，不由得更加確信自己的想法。「角鴞老師這麼可怕，魔王大人會不會怕？」

幼嫩的提問與溫婉的回應細細碎碎地在走廊彼端傳來，角鴞聽著露絲亞的童言童語，原本嚴肅的臉龐顯得更為不悦。要不是他必須親自定期監查西翼的結界，他才不願靠近這個滿佈灰塵的角落半步，然後還得受到那隻人類的無禮對待。

罷了，趕快完成檢查，待會還要給陛下上課。

城堡的路四通八達，然而只有一條走廊能通往西翼，現眼更有著堅固的結界，令西翼猶如一個上鎖的寶箱。角鴞確定結界並無不妥後，便化成鳥形態，飛往城堡東翼的高處。

他來到一間書房前變回人形，禮貌而拘謹地敲敲門。

叩、叩、叩。

待了半晌仍未見有人應門，角鴞只好耐著性子，再敲一次。

叩、叩、叩。

房間內毫無動靜。

別無他法，角鴞最後只能拋開禮節，自行進入房間。

厚重的門緩緩推開，寬闊的房間裡，幾乎所有牆都鑲嵌了高高的書櫃，有些書籍整齊安放其中，有些則凌亂地堆疊在地上。夕陽穿過窗戶，將地上紋理繁華的地氈一隅染成深橘色調。

角鴞順著光線朝看書房唯一的窗戶，只見一名年約九歲的灰髮男孩伏在窗前的書桌上，一動不動。

灰髮男孩手握叉子戳在亂七八糟的筆記紙頁，真正的筆則插在碟上的肉塊，黑漆漆的墨水順著肉紋滲開來。看來經歷了一番苦戰似的，最終男孩不敵睡意，以這狼狽的姿態沉沉睡去。

「陛下，要準備上課了。」

唯獨角鴞無視這孩子的疲態，殘忍地揚聲呼喚。

只見那孩子聳動了一下，卻始終沒成功掙扎而起。

「灰林鴞陛下？」

再三敦促，灰林鴞總算醒來了。深灰的眼瞳茫然了片刻，角鴞的身影終於投進眼內，嚇得灰林鴞不慎把一旁的書堆撞倒了。

咦、已經這個時候了嗎！灰林鴞想著趕緊把作業作最後衝刺，才發現叉子寫不出字，只好作罷。他又打算把握最後機會多吃幾口午餐，豈料瀰漫口腔的是墨水苦味，害他嗆過不停。

踉蹌了好一會依然一事無成，角鴞依舊默默站在原地等待，他的金黃眼眸不慍不火，然而正是那種看不出情緒的注視，灰林鴞更是慌亂。

身為王族舉止應當嚴肅端正、做事刻己自律，還有不應該遇到小事就如此慌惶失措——明明沒有被罵，灰林鴞卻彷彿能聽見角鴞的各種不滿。

「失、失禮了……可以開始上課了。」費了好些氣力整頓，他總算準備就緒。

角鴞說過今天會隨機抽問，以檢視一下學習進度。想及此，灰林鴞有點忐忑不安。

不過，應該問題吧？昨天授課結束他就一直困在書房裡埋首苦練，甚至在早上體能訓練後，他也不敢休息立即回來溫習。所以不論是有關魔法研習、天文概論還是家族史，總之最近學習過的，應該全都有好好背起來才對……明明用功了，灰林鴞卻始終信心欠缺。

他猶如等待判刑般，戰戰兢兢來到角鴞面前。

「前幾天解說給陛下的魔法術式，未知能否展示予在下？」

滿心以為角鴞會給出刁鑽的題目，結果卻比想像中簡單得多，灰林鴞立時鬆了口氣。

只是畫魔法陣的話——啊，好像漏了點甚麼……慘了，他昨天明明彷畫了十遍，為甚麼現在這部份還有那部份，完全沒有記憶似的！想到角鴞就在旁邊等待，灰林鴞便感胃部隱隱作痛，在紙上焦慮地刪刪畫畫，最後只能憑依稀印象草草完成圖案。

他瞄了瞄角鴞，塗鴉般的答案想當然沒換來對方滿意的表情。

不合格。

顯而易見的低下水平，角鴞沒有多說甚麼，只清清喉嚨道出下一題：「陛下應當了解身為王族，擁有何種與生俱來的能力？」

「『奪取』和『承傳』。」

「很好，所謂『奪取』，正是把他物的力量吸納為己用，請陛下示範如何操縱這項能力。」

角鴞隨手向地板比劃，原本空無一物的房間中央立即浮現兩個魔法陣式，具現成兩頭幼鹿外形的魔物。

「請陛下殺死這兩頭魔物，並吸收他們的力量。」

又是一道完全是送分的題目……還是說角鴞擔憂他連家族承傳的能力也操縱不好了？灰林鴞把心一橫，孩子般的雙手頃刻獸化成鳥爪，未料幼鹿魔物雖然弱小，警覺性卻很高，他還沒走到附近，魔物們已經跑到房間另一端。

可惡，別跑啦！灰林鴞笨拙的與幼鹿追逐起來，耗費了不少氣力，終於好不容易抓緊了獵物。剛才已經失準了一次，這次他一定要好好表現才行——

倏地一陣暈眩襲來，灰林鴞眼前一黑。

外來的陌生力量在體內頑強抗衡，他欲要使勁馴化之際，連日休息不足的疲勞還有強烈的飢餓感忽然爭先恐後湧上，怎麼偏偏選在這時候啊！他強迫自己趕緊清醒，可惜當他恢復視野，便見自己不知何時已鬆開了爪。

當魔物的力量全被「奪取」，即使再龐大、再兇惡的魔物亦會化成一堆白骨——唯獨現在兩隻幼鹿甚至還沒有死去。

一隻只呈現皮包骨的狀態攤軟倒地。

另一隻則身受重傷，打滾痛苦掙扎。

這次，灰林鴞連丁點望向角鴞的勇氣也沒有，愧疚地低下頭來。

失敗了。

「恕在下無禮，在下認為陛下的意志太散漫了。」

這次的檢測遠遠未能達標，角鴞終於忍不住開腔訓話。

「雖說『奪取』和『承傳』是家族與生俱來的能力，可是陛下未曾承繼任何力量及技巧。陛下必須通過不斷練習，直至可俐落地將別人的力量化為己有，才能有把握接收家族為陛下準備的一切。為了不浪費歷代先王的苦心，請陛下認真受訓——」

灰林鴞一邊強忍著身體各種不適，一邊默默點頭反省。

沒有反駁、沒有解釋——因為角鴞說的都是正確無誤的道理。

家族、權力、王位，從灰林鴞懂事那刻起，角鴞便一直說著這些很重要，所以他必須擁有令整個魔界敬畏的力量，必須用力量守護這些東西。

必須成為魔王。

必須努力。

很多事情必須做，很多責任必須背負，因為這是灰林鴞與生俱來的身份與義務。

可是，他明明都有練習過。

即使是一知半解、毫無興趣的事，他都努力硬背起來。

為甚麼結果總是強差人意？

為甚麼愈認真愈是做不好？

失格。

失誤。

失敗。

灰林鴞默默看著魔物的鮮血凝聚在鳥爪的邊緣，最後結成一顆血珠，在地氈上悄然綻放。

角鴞老師這麼可怕，魔王大人會不會怕——連露絲亞也不知道，她那一句童言童語恰好點出了魔王的處境。

灰林鴞當然很怕角鴞。

然而他更怕的是，努力過後仍然未能達到期望，大伙兒失望透頂的表情和那種恨鐵不成鋼的目光。

「陛下要是理解的話，接下來請務必專注學習。」

「好。」

今天，灰林鴞依舊被一堆看不見的東西追趕，絲毫不敢怠倦。

※　※　※

另一天的黃昏，灰林鴞獨自在書房等待授課。

自習總算告一段落，他偷偷環顧房間，再三確定角鴞還沒出現，房門尚未咯咯作響後，他便悄悄抱起比自己還要重的望遠鏡，打開窗戶一鼓作氣飛往屋頂。

今天天氣不錯，說不定能看到書房看不見的某座高山——調好鏡頭距離，魔界的黃昏景色便清晰的投進灰林鴞眼簾，一雙灰瞳也隨之閃閃發亮。

在這段緊迫得令灰林鴞快要喘不過氣的日子裡，這片橘黃、雪白與墨綠交疊的風景算是他唯一的支柱及救贖。

甚麼是「魔王」？

甚麼是「領土」？

先別說這些厲害得誇張的名稱，或許因為父王母后早逝，身邊也儘是恭恭敬敬的家僕們，灰林鴞剛開始連「家族」也深感難以理解。

直到某次角鴞利用望遠鏡，給他展示城堡外那片彷彿了無邊際的森林。

看到實物後他好像立即明白了幾分，但又好像不太懂。

簡單而言，就是要他守護這片土地吧。

即使他不太理解現在學習的究竟與守護領土有甚麼關聯，總之努力學習就對了。仰望橘色漫漫的天空，被夕陽染成紅色的雲霞一絲一縷地點綴遙遠天邊，說不定哪天他變得很強很強的時候，就能離開城堡，飛往那座高山看看吧？

但想深一層，原本興奮不已的心情，瞬間變得蕩然無存。

唉……這種日子真的會出現嗎？

雖說整個魔界有三分一屬於鴞族，其餘部份是住著惡龍猛獸的荒蕪地區，可是——

他連城堡也沒踏出過半步。

他是一隻能飛的灰林鴞，沒卻沒辦法飛出這個魔王城堡。

雖然他也深知自己弱小，備受保護也沒甚麼不對……道理顯淺易明，可是灰林鴞心底就是有點悶悶不樂。他抓起旁邊的碎瓦隨手朝天空丟出，豈料碎片在半空擊中一堵看不見的高牆似的，以更強的力度極速反彈回來！

不好了，竟然丟中結界——

灰林鴞趕忙回神，狼狽地拉著望遠鏡想要飛走，瓦片已恰恰落在他腳邊，數塊瓦片應聲碎裂。

呼……幸好他及時移開了，要是反應慢個半秒，恐怕現在碎裂的不是腳邊的灰瓦，而是鏡頭了。這算是他唯一的娛樂，如果沒有望遠鏡，日子鐵定會更苦悶……

咦，有甚麼東西在動？

剛才的閃避，弄得望遠鏡的焦點不再是夕陽，從灰灰白白的配色看來，大概是糊成一團的城堡景致。

一片模糊中，灰林鴞隱約看到有東西在動，到底是誰在那兒？這個時間他總是困在書房學習，家僕們應該和他不一樣吧？

在清理積雪？

在準備餐點？

還是像他一樣正在忙裡偷閒呢?

平日眺望森林,雖然黃昏美景令他百看不厭,不過偷看一下大家在做甚麼,似乎也頗有趣的。他忽地無比好奇,半帶著惡作劇的心態調整一下望遠鏡的聚焦,沒想到一名金髮小女孩便在朦朧間漸漸浮現——

這個黃昏,灰林鴞發現了露絲亞。

圓形的鏡頭裡,映出一個被茫茫白雪覆蓋的庭園。

一名小女孩獨自步行其中,亮麗的金髮隨她的步伐而飄動。她拈起大衣的厚重衣擺,有點艱辛地邁步向前,周遭高大的墨色樹幹顯得她的小身影更為柔弱孤伶。

她小心翼翼跪坐在庭園中央,一雙小手抓起地上的雪,開始搓捏著一個奇形怪狀的東西。

究竟她在堆砌甚麼——糟了,要倒下了!

或許是女孩沒好好整頓,沒兩下那座抽象的藝術品便倒了下來,目睹事發經過的灰林鴞緊張得想要動身阻止——不行啊,這個距離根本伸手不及。

看著不成形狀的小雪堆,灰林鴞彷彿能預見女孩沮喪啜泣的畫面,不禁暗暗擔憂起來,她、她該不會要哭了吧?

出乎意料,女孩完全沒有失落,反而笑得更開懷。

女孩帶點傻氣的甜笑,令灰林鴞不自覺跟隨她一起微笑起來。

怎麼了？

她怎麼會覺得這樣很有趣啊？

正當他看得入神，女孩忽然收起了笑容，左顧右盼起來。

猝不及防，灰林鴞與她的視線對上了。

被、被發現了嗎！

心臟頃刻漏跳了一拍，灰林鴞羞窘得方寸大亂，想要閃避目光卻一個重心不穩，整個人快要從屋頂滑下去了！

「嗚哇——」不對，我是鳥類，我懂得飛啊！

他連滾帶爬地滑落好一會才醒覺自己擁有翅膀，慌忙張開雙翼止住跌勢。

啊啊，還有望遠鏡！

即使衝過去亦為時已晚了，他來不及抓住，只能眼睜睜看著望遠鏡跌落到下層的屋頂，玻璃鏡片砰鏘一聲敲個粉碎。

糟透了、糟透了……更糟的是，整個過程被那個女孩目睹了，她一定笑得更開懷吧？灰林鴞面紅耳赤地朝看剛才的庭園——

笨死了，原來距離這麼遠，她根本看不見！

由西翼地面的庭園仰望東翼最高處的屋頂，露絲亞只看得見望遠鏡折射著夕陽的光芒。向來是一個平平無奇的屋頂，今天忽然閃爍著刺眼白光，立即吸引了露絲亞的注意。

有甚麼在閃閃發光嗎？

來叫照夜看看好了，說不定她知道是甚麼！她立即跑進城樓，拉著正在清理積雪的照夜來到庭園。

「照夜快來看看，那邊一閃一閃的好奇怪——啊？」露絲亞興奮地遙指東翼，豈料一來一回，那個閃閃發光的東西已經不見了。

真奇怪，明明剛剛還在的啊？

她有點困惑不知道要如何解釋，照夜工作雖被打擾，可是她似乎沒有生氣也沒懷疑她的說話，依然順著小手所指的方向望去。

「那邊是魔王大人的書房。」

「咦咦，照夜妳知道啊？」

照夜默默點頭，她未被委派來西翼照顧露絲亞之前，就是負責那幢大樓的工作。要是補上這句，這個女孩一定會興致勃勃追問更多吧？

不過，照夜沒打算補充。

「魔王大人的書房，角鴞老師就是在那裡授課嗎？」

露絲亞開始幻想魔王大人學習的模樣，全然不知道灰林鴞正為摔破了心愛的玩具而失魂落魄。她更加不知道，透過望遠鏡的相遇，灰林鴞滿腦子全是她的事情，根本沒有專心上課。

※　※　※

庭園內的神秘少女，她到底是誰？

角鴞不曾告訴灰林鴞有客人到訪，她看上去跟自己差不多大，難道是新來的小女僕嗎？

可是金色長髮……跟平日侍奉他的女僕不一樣吧？城堡裡絕大部份的奴僕都是麻雀，淺棕、深棕、純黑是他們最普遍的髮色，純淨的金白他還是第一次看見。

還有，對上眼的瞬間他看見了，女孩有一雙非常特別的天藍色眼睛。這種顏色只會正午一小時在天空出現，魔界其餘大部份時間也是黃昏和夜晚。

對了，那個庭園好像是城堡西翼？灰林鴞恍然察覺，別說城堡外的森林，仔細想想，一直以來他只在東翼範圍活動，連城堡的西翼也不曾逛過。

僅僅整理一下情報，灰林鴞已經確信自己從來沒見過這個女孩。雖然很想問個明白，不過課堂詢問角鴞這種事的話，不就代表他不專心嗎？絕對又要被說教了吧？

灰林鴞不希望被責備，殊不知自己比平日更加心不在焉，角鴞早已把一切看在眼裡。

「陛下有何疑問？」角鴉有感再講解下去也只是徒然，索性主動打開話題。

灰林鴞乍驚乍喜，欲言又止了半天終於按捺不住試探問：「角鴉，我們城堡內有這種魔物嗎？金色頭髮，天藍色眼睛。」

果然是完全與課堂無關的事情……角鴉內心默默慨嘆，不過他總算意會到灰林鴞心不在焉的原因了。

陛下是怎麼發現那個人類的存在？他瞄向窗台，今天望遠鏡被藏在布簾後，再瞄瞄灰林鴞帶點慌張的神情，他大概知道是怎麼回事。

原本打算待灰林鴞再成熟一點才告知，但既然現在已經發現，也沒必要再 瞞了吧？角鴉考慮了半晌，決定告訴灰林鴞真相。

「她不是魔物，是人類。」

人類？

灰林鴞愣住，頓時難以置信。

那、她不就是——

「沒錯，她是陛下的祭品。」

鴉族的王室，與生俱來便擁有「奪取」與「承傳」的能力。

奪取——吸納別人的力量為己用。

承傳——將自己的力量直接授予直系子孫。

由於力量能夠累積承傳，鴞族漸漸成為魔界裡最強大的存在，而他們的王室更是世世代代統領魔界的霸主。這份力量壯大了鴞族，遺憾亦同時壯大了傲慢，目空一切的後果，換來了一個可怕的詛咒。

某任魔王自持力量與地位，素來自視甚高，最終他闖下大禍，開罪一名同樣在魔界令人聞風喪膽的魔女。

魔女對這名先王恨之入骨，甚至拚上性命許下了詛咒：

「鴞族的力量再也沒辦法承傳到子孫身上，直到你或你的子孫感受到我的絕望為止！」

因為這個詛咒，令「承傳」失效了。

失去力量的魔王，失去力量的鴞族，在這個弱肉強食的魔界裡他們的下場根本不難想像。先王不甘世代累積而來的力量付之流水，為了彌補自己的過錯他日夜苦思，最終他想到一個折衷的方法——

容器。

鴞族抓來一名與繼任子孫同年同月同日同時出生的人類，由於不是直系子孫，因此奇蹟般瞞過了詛咒，將力量暫存下來。

繼任者須於成年之時殺死容器，吸收其體內暫存的力量，因為這是「奪取」而不是「承傳」，所以同樣避過了詛咒，成功將家族的力量重奪。

「那個人類女孩就是鴉族力量的『容器』，是陛下成年禮的祭品。」

角鴞不徐不疾地講述關於鴉族的歷史、家族的詛咒，灰林鴞其實早已耳熟能詳，可是這些既定的事實，今天一字一句重新震撼著灰林鴞的小小心靈。

成人禮、祭品、家族力量，對灰林鴞而言屬於多年後才需要面對的麻煩事，從來沒想過要主動了解。因此他這輩子頭一回知道，自己的祭品原來是個同齡女孩——

一名笑容相當可愛的女孩。

「陛下，請問可以繼續上課了嗎？」

「……好。」

角鴞以為已經好好解答疑問，未有察覺灰林鴞內心的震驚。他伸手比劃了一個陣式，半空中巨現出一隻巨型飛蛾。

「這是今天的課題，請陛下運用力量，瞄準魔物並將其擊殺，再奪取力量。」

巨形飛蛾彷彿感應到自己接下來的命運，在書房內四處亂飛亂竄，灰林鴞吃力地追趕，連番多次失誤後，他終於弄斷了飛蛾的翅膀，抓住變回毛蟲一樣只懂蠕動的身軀。

將來某天，那個女孩也會像這樣被他抓住，然後化成一堆白骨嗎？
看著手中枯乾的屍骸，灰林鴞忽然意識到「殺」這個動詞的意義。

第2章 黃昏與相遇

第2章 黃昏與相遇

又是一個大致略同的黃昏。

跟以往不同的是，望遠鏡摔碎了，灰林鴞沒辦法再眺望森林遠處的景致和變化……還有，他也再沒機會多看一次西翼的庭園。

失去唯一的娛樂，灰林鴞百無聊賴地坐在屋頂，目光不自覺落在西翼庭園，沒有望遠鏡的精細聚焦，他只能看到一堆純白與墨綠混雜的樹冠。

回想起女孩的笑顏，灰林鴞莫名感到悵然若失。

祭品跟魔王一樣，被囚禁在這個名為城堡的鳥籠之中。然而灰林鴞不解，為甚麼她可以笑得如此開懷，明明是待宰的祭品吧？

周遭盡是跟自己完全不同的魔物，她會孤獨、會害怕嗎？

對了，她今天也在堆雪嗎？

究竟那時候她在堆砌甚麼啊？

灰林鴞重重嘆了口氣，可以的話真想去看看——等等，他的確可以去看吧？

又不是要到外面的森林，西翼正正就在城堡的範圍內，根本隨時都可以跑過去不是嗎？真笨，為甚麼他沒立即意識到這點，鐵定是被困太久了！

灰林鴞打開窗戶，惟回頭瞥見房間緊閉的大門，不免有些擔憂。不要緊的，距離上課仍有一段時間，用盡全力飛過去，應該趕得及被角鴞發現之前回來。倒是再磨蹭下去，他便真的沒機會了，明天不一定有這個空檔——更不一定有這個勇氣。

心臟怦然跳動，灰林鴞把心一橫飛出書房。

不是前往屋頂，也不是環顧東翼，而是往他不曾主動踏足的西翼進發——

不可思議的是，任憑灰林鴞全力衝刺，他都沒有抵達西翼的庭園，純白與墨綠混雜的樹冠看起來依舊遙遠。

奇怪了，明明用飛的話，這個距離根本不算甚麼。

啊，難不成——

灰林鴞心念一轉，趕緊降落到一處無人的角落，改用步行方式靠近西翼。這邊的通道他鮮有踏足，尋找了好一會，他終於找到那條唯一能通往西翼的走廊。

放眼所見，夕陽的橘黃光線配上一列石柱的黑影，寬敞的走廊橘黑二色相間，整個空間看起來有點不實在。

在天空中難以看清，換成地面的話應該不難發現才對。

周遭的景物大同小異，當中卻有著奇怪的存在——其中一條石柱的影子方向，跟其他的不一致了。

灰林鴞躡手躡腳來到這個奇特的影子前，深呼吸一下，閉上眼睛跨出一步。

再睜開眼的瞬間，他發現自己返回原地了。

他站在走廊一開始的盡頭。

果然這裡佈有結界。

怪不得他怎樣也飛不進去，大概只要有外物未被允許之下想要進入西翼範圍，他們便會永遠陷入這個無限輪迴中。

憑著努力終於得到結論，灰林鴞沒有沾沾自喜，深灰的眼瞳內充斥著錯愕與不甘。

被禁足在城堡不能外出的理由，他能理解。

祭品需要備受保護的理由，他也能理解。

只是，連自己的城堡也不能隨便閒逛，他就不能諒解了。

這裡不是「魔王的城堡」嗎？

最初前來西翼的目的徹底拋到雲霄之外了，現在灰林鴞盯著面前這條永遠走不完的走廊，總覺得沒辦法接受這個事實，好像有甚麼正在被踐踏一樣。大概是他壓根兒沒想過，原來自己甚至在城堡內隨心所欲地行動的自由也沒有。

可悲的是，他不知道自己還能怎麼做。

難道跑去質問角鴞，要求他打開結界嗎？如果城堡西翼必須獨立保護，他這麼要求只會惹來責備而已。

——身為魔王，不能任性妄為。

——陛下有更多重要的事情處理，不應為這種小事費神。

——我們的一切決定都是為陛下著想。

各式各樣的訓話言猶在耳，根據以往的經驗，這次也絕對不會得到他想要的結果。

滿肚子的怨氣無從宣洩，灰林鴞頹然飛回書房。

咯、咯、咯。

與此同時，角鴞亦敲門進來。

「陛下，要準備上課了。」

「……好。」

生氣到最後，竟然還是乖乖回來上課，他這個魔王是不是太聽話了？仔細想想，只要留在城堡內，其實也算是安全範圍吧？

這樣的話，是不是也可以稍微任性一下呢？

會不會有甚麼方法，不破壞結界之餘，又能偷偷闖進西翼？他偷偷望向那個高大又嚴肅的身影，角鴞還沒教導他關於結界或防禦之類的知識，要是主動求教大概會反過來被追問。

可是他還能從哪裡獲得知識啊……

「陛下，請專注點。」今天的魔物很會逃跑，眼見灰林鴞抓了半天也沒成功，角鴞忍不住揚聲督促。

相比守護領土或是繼承力量這些宏大到不知要從何努力的目標，如何走進西翼這疑問實在明確又具體得多，灰林鴞不自覺反覆思量。

唉，反正沒甚麼頭緒，還是先別想有的沒的，不然都不用下課了。

他往書房的角落，及時抓住了打算鑽進書櫃的小型魔物，卻沒想到只有手掌般大的魔物竟然力大無窮，他來不及剎住去勢，一記撞上了書櫃，殘舊又厚重的書籍頃刻全倒下來。

對了！

是死記硬背到變呆笨了嗎？為甚麼他沒注意到，他每天身處的書房不就是各種知識的寶庫？這裡幾乎甚麼書都有，這樣的話、說不定有機會——

當他跟隨書本一起跌落到地板，某個想法漸漸在腦內成形。

角鴞來到旁邊，看到灰林鴞狼狽地趴在書海裡頭，似乎沒有受傷，才暗暗鬆一口氣。

「今天的課題全部完成了，陛下可以好好休息——」

「啊？等、等一下！」

平日恨不得他趕快離開的灰林鴞，今天一反常態叫住了他。只見灰林鴞趕緊從書堆裡站起，然後吐出一個令他匪夷所思的要求——

「角鴞，我還想要練習，再給我多點訓練！」

雖然這麼想實在非常無禮，可是從書架摔下來時，陛下腦內發生甚麼鉅變了？角鴞萬分錯愕，不由得再三懷疑是不是自己聽錯了，抑或又是魔王偶然孩子氣的惡作劇。

他盯著灰林鴞，深灰眼瞳不閃不躲，向來畏首畏尾的神情罕見地非常認真。終於有甚麼事物，是這孩子無論如何也希望憑自己的力量得到嗎？

說起來，最近他的望遠鏡好像摔碎了，或許他想試試自行使用魔法修復？角鴞很想追問，可是難得聽見他主動要求練習，又深深感到欣慰。先撇開背後原因不談，如果這樣能激勵他努力的話，何嘗不是一個好機會？

「在下明白了，從今天起課堂會延長，陛下沒問題吧？」角鴞壓下好奇心，也不點破他已看出灰林鴞另有企圖，一本正經地回覆。

「沒問題，一切就麻煩你了！」剛才灰林鴞多害怕他會追問，現在總算安心下來，他還是頭一回因為延長上課而興奮不已。

他要趁角鴞不在的時間，偷偷找出所有關於結界的書籍來研究。不只要找出潛入方法，他還必須增強力量，因為不管最後會用上甚麼方法，他也需要力量才能實踐。

既然如此，這段時間就稍微再苦幹一下吧！

灰林鴞更加沒日沒夜地窩在書房，只要睜開眼睛就是訓練和研究，他也說不清為甚麼這次自己會那麼執著，總之回神過來反問自己這問題的時候，已經匆匆過了一個月。

無論經歷多少個黃昏，通往西翼的走廊依舊渲染著黑橘分明的色調。

趕在下課後、午餐前的空檔，灰林鴞偷偷來到結界前，俯視著那抹突兀的黑影，只要突破這界線，他就能真正進入西翼範圍。

深吸呼一下，他開始著手展現首次自主學習和特訓的成果。他默唸著咒語，一個魔法陣式便在腳底浮現，整個人隱身於其中，連地上的影子也消失了。

效果不錯、似乎可行——一鼓作氣，灰林鴞閉上眼睛衝前。

成功了嗎？

比想像中還要毫無異樣，甚至連他用書房木門作測試時的拉扯感也沒有，大概是失敗了吧？

他頹然張開眼睛時，眼前竟再也不是無盡的黑橘相間走廊，通道的盡頭多了一座荒涼的大樓。

「成、成功了！」灰林鴞興奮歡呼，沒想到一次就成功了，要是失敗的話……啊，對了，要是失敗了怎麼辦？

他穿越過來，才赫然認知自己原來只有一次機會，失敗了的話說不定會引起大騷動，後果不堪設想。

不過現在應該沒差？反正他都成功潛進來，就不要再想掃興的事了！灰林鴞躡手躡腳地慢慢探索，卻很快便發現西翼跟他的認知差天共地。

他所住的東翼，不管走在哪裡，或是在天空中，不時都會碰見奴僕。即使他留在房間，偶然也會聽見某處傳來他們的嬉笑怒罵，到處都充滿大家居住的氣息，熱熱鬧鬧的。城堡不論哪個角落，全都打理得一塵不染，光鮮亮麗，樹木也有園丁修剪整齊，就算是下雪的日子，走廊和通道也鮮有積雪。

可是，不一樣。

西翼和東翼，是兩個截然不同的世界。

放眼展望，大樓的牆身結滿了霜，走廊亦堆著厚厚的積雪，當中還混雜著野草和枯葉。樹枝和藤蔓肆無忌憚到處伸展，彷彿在宣示它們才是這個區域的主人。

空氣充斥著風雪的氣味，灰林鴞索性走在顯眼處，沿路果然連半個人影也沒有，迴響耳邊的只有自己的呼吸、腳步，還有凜冽的風聲。

如果說東翼是明亮、熱鬧，西翼就只有無盡的荒涼、冷清。

那個人類女孩，就住在這個冷冰冰的地方嗎？

驀然，灰林鴞察覺雪地上有著比自己小一點的腳印，一直細細碎碎地伸延。

沒遇上她，卻發現了她的生活痕跡。

她今天也曾來過這裡嗎？

離開了多久呢？

心跳突然澎湃起來，冷風也撲滅不了瞬間攀到臉上的躁熱，灰林鴞跟隨著雪上的足跡，終於抵達庭園。

夕陽西下，此時絢麗的金橘色天空已漸漸暗淡下來，城堡的事物猶如蓋上了一層薄薄的夜藍輕紗。凌亂的樹枝、破落的涼亭、奇形怪狀的小雪堆，縱然他首次置身其中，這裡的一切卻早就從望遠鏡窺探過，並深深烙印在腦海裡，唯獨欠缺那個令他在意的小身影。

灰林鴞來到小雪堆前俯視，便立即確定是那個人類女孩弄的。

還以為近看會明白她到底在弄甚麼，結果還是一塌糊塗啊……他深感無言，可是看著看著又忍不住微笑。

雖然看不懂，但是好有趣。

如果，能和她說說話就好了。

不過灰林鴞知道，那天不經意窺見的可愛笑顏，他大概永遠不可能親眼看見，原因說上來很複雜，身份說穿了卻很簡單——

她是待宰的祭品；他是殺戮的魔王。

要殺自己的人在面前出現，大概只會嚇倒她吧？

要怎麼登場才不會嚇跑她？這問題簡直比平日的課堂更難啊……

算了。

回去吧。

他頹然轉身，便迎上了一對天藍色眼睛。

天地萬物，怦然無聲。

一名女孩不知何時站在後方，怔怔地看著灰林鴞良久。

這個傍晚，露絲亞發現了灰林鴞。

就像某個童話故事突然成真，也像某晚夢境驀然實現，周遭一切變得虛浮而不實在。世界忽然停止了運作似的，灰林鴞沒辦法移開目光，也沒辦法落慌而逃，他就這樣愣在原地與女孩互相對視。

這次、真的被發現了……喜悅過後，排山倒海的恐慌隨之而來，灰林鴞不知所措，他很想解釋自己沒有惡意，可是這是在騙誰啊？

她會害怕嗎？

她會尖叫嗎？

要被責備了嗎——

亂七八糟的想法在腦海穿插糾纏之際，女孩朝他邁出腳步。

灰林鴞驚訝得呼吸紊亂了一下，呼出的白霧彷彿連帶著靈魂一起在空氣中蒸發乾淨。

女孩湊近，給了他一個大大的笑容。

「我從沒見過像我差不多大的孩子！」她充滿活力的甜膩嗓音，重新推動世界運轉，也把他的靈魂喚回來了。「我叫露絲亞，你叫甚麼名字？」

等、等一下，不是這樣發展吧？

跟預想中的情節天壤之別，灰林鴞霎時間不懂接話。再說，他要如何介紹自己——妳好，我就是不久將來會捅妳一刀的魔王，這樣嗎？

「躺在床上滾來滾去，眼睛還是沒有合上，所以我偷偷跑出來玩了。」縱使他不回話，露絲亞仍然興高采烈地自顧自說。「最近總是沒辦法像八歲時那麼早睡，說不定因為我長大了！」

這個時間，他才準備吃午餐，她竟然就要睡覺了？

灰林鴞聽著便非常疑惑，原來人類與鴞族的作息時間不同嗎？雖然大家的休息時間不一樣，不過露絲亞的說法他依然默默認同，只是他的情況不是晚睡了，而是早起了。

是不是因為長大了，她的活動時間延晚了一點，而他的活動時間也提早了一點，於是他們終於在這年相遇？

「喏，你也睡不著嗎？要一起來玩嗎？」露絲亞沒有等待對方反應過來，她已握住他的手，拉著他踏入庭園。

灰林鴞茫然被露絲亞牽著走，夜色將這一切顯得更不實在。他總覺得只要眨眨眼睛，面前的所有事物便會消失不見。

為甚麼她完全不害怕，還肆無忌憚地靠過來啊？

她的手很冰也很細小，看起來一捏便粉碎，害灰林鴞不敢使力。不僅如此，她整個人都精精細細的簡直像金絲雀一樣……人類、這就是人類了嗎？

他努力翻找他所知道的事物去形容和比較，總之就是——

露絲亞忽然又呆望他半晌，天藍色的眼瞳再次笑嘻嘻地瞇成一線，他的出現似乎令她非常高興。

每當她甜笑，灰林鴞便有種被狠狠擊倒的錯覺，沒辦法鼓起勇氣直視，只好低下頭任由自己被她牽著走，唯獨寒風分分秒秒地提醒他臉頰的燙熱程度。

總之就是——她真的很可愛。

他觀察到最後，卻只得到這個早知的結論。

掌心微小的冰冷觸感驟然消失，只見露絲亞跪坐在雪堆裡，雙手開始笨拙地搓揉雪球。

「你不玩嗎？為甚麼一直看著我——啊啊，是我臉上沾了東西嗎？」她沒察覺沾上雪粉的其實是自己的金髮，只懂努力摸索自己的臉頰，看起來有夠傻呼呼。

然而她這麼一說，灰林鴞才意識到自己有多失禮。快來說點甚麼吧，別一直盯著別人看啊，她又不是獵物……呃，至少現在還不是！

「妳在堆砌甚麼？」這個疑問一直纏繞灰林鴞一個多月，現在終於有機會知道答案了。

豈料，露絲亞輕快地吐出令他震撼無比的回答：「這個是魔王啊！」

甚麼——

灰林鴞嚇得立即蹲下來看了又看，別說找出哪裡像自己了，哪邊是手哪邊是腳他全然沒有看出來。

露絲亞好像知道他很疑惑，於是努力形容給他看：「這個是魔王的臉，這個是他頭頂的尖角，然後這些是獠牙……」

不對、不對不對不對——灰林鴞聽罷臉色更慘白，他才不是長這個樣子，尖角獠牙甚麼的，他是鴞族，不是牛和獵豹的混合體啊！

「對了，你住在東翼嗎？有見過魔王大人嗎？」露絲亞恍然意識到他是外來者，立即異常興奮地追問。「他對你們好嗎？像角鴞老師一樣很嚴肅嗎？還是會常常笑呢？」

看著閃閃發亮殷殷期盼的天藍眼瞳，灰林鴞所有疑問頓時迎刃而解。

怪不得她把他堆砌成奇怪的四不像——

怪不得她會對他展露笑容——

露絲亞根本不知道誰是魔王。

他倆從來沒有見面，灰林鴞知悉露絲亞的存在，也是因為他不小心窺見而已，反過來的話，大概也沒有人曾告訴她魔王長甚麼樣子。

所以地上那隻四不像，是她想像出來的魔王……

「噗……哈哈哈哈——」折騰了一個多月，結果那個奇形怪狀的東西竟然是自己！

「你在笑甚麼？喂喂，別只管自己笑，也告訴我嘛！」露絲亞懊惱地不停追問，他到底在笑甚麼，他怎麼可以笑得那麼誇張啦？「噗——到底怎麼了啦！你好奇怪啊！哈哈哈——」

灰林鴞始終沒有回答，不過原因似乎也不重要了，看到他差點喘不過氣來的逗趣模樣，露絲亞也忍不住跟著一起傻笑。

純真歡樂的氛圍，將城堡的灰白淡漠一掃而清。他倆相視而笑，一種微小的溫暖從二人的心扉裡蔓延至荒涼的庭園，凜冽的寒冬彷彿融化成暖烘烘的初春，世界不曾如此鮮明亮麗。

兩個孩子的玩鬧聲響徹空曠的西翼，卻同時惹起了另一個住在這裡的魔物注意。

呼噗。

在地下室專心點算食材的照夜，忽然聽見氣窗被敲打了一下。抬頭一望，便見原本擦拭乾淨的弧形玻璃上黏上大一攤雪，她的神情變得困擾起來。

又偷偷溜出來玩了嗎……照夜暗暗擔憂起來，夜晚沒有太陽，氣溫降很快，露絲亞有沒有好好穿衣？她趕緊擦淨雙手，抓起披肩便匆匆離開。

怎麼今天她好像特別快樂，好像有人伴她玩一樣？

照夜沿路聽著天真漫瀾的笑聲隨風而來，烏溜溜的烏瞳不自覺流露淡淡的溫柔。當她穿過走廊、拐進庭園，便不由得當場愣住——總是只有露絲亞一人玩耍的凋零庭園裡，如今竟然多了一位男孩，與她在雪地追逐嬉戲，互丟雪球。

這個男孩正正是他們的魔王陛下。

西翼佈有結界，他是怎樣闖進來？

照夜未及反應，灰林鴞已率先發現了她，立即緊張兮兮地站在原地。

魔王一站正，奴僕便慌忙想要下跪行禮——

「我是、新來的執事，目前在東翼工作！」就在這個瞬間，灰林鴞揚聲說話了。「誤闖這邊，對不起！」

匆匆一句，阻止了照夜所有行動。

他說謊了。

他不該說謊，更不該出現。

「照夜！」全然不明就裡的露絲亞，看到照夜便全力奔跑過去，笑著撲進她的懷內。「偷溜出來了對不起，不過今天我玩得非常非常開心啊！」

她替露絲亞套上披肩，又替她撥走頭上的雪，再遙望庭園中央的灰林鴞，便見深灰的眼睛依然充滿懇求。

縱使內心的不安與為難在喉嚨化成苦澀，照夜仍得把真相吞回去。

唉……她怎麼承受得起魔王的懇求？他是高高在上的魔王，他的說話就是一切，身為低下的女僕根本沒有拒絕餘地。未幾，她對灰林鴞緩緩頷首，默默牽著露絲亞走進城堡。

「我要休息了，明天再來玩吧！」即使走遠了，露絲亞仍不時回頭向灰林鴞用力揮手，直到她的身影在轉角消失為止。

整座西翼再次變得了無生氣，方才的歡樂言猶在耳，令遺落在庭園的小身影更為孤寂。

灰林鴞看著地上不成形狀的雪魔王，一顆心臟漸漸變得沈甸甸的。他知道自己不該說謊，遺憾他真的不希望敲碎這個美夢般的相遇。

好開心，真的。

可是，好矛盾。

如果她知道了他的身份，還願意毫無防備地靠近，毫無保留地對他笑嗎——他俯視剛才與露絲亞相牽的手，眼前浮現的卻是訓練時瀕死的魔物。

剎那間，牠們恐懼絕望的神情與露絲亞的笑顏重疊了。

幾乎是立即，他跟蹌展翅撲入夜空裡頭，逃難似的離開了西翼。

明天還是不要來……該說以後都不要來了。

謊言早晚會被悉破，何不讓彼此保留最美的回憶就好。

※　　※　　※

「照夜妳說啊，甚麼時候才會停雪？」

露絲亞攀上大廳的窗台，便見玻璃窗上結了薄薄的白霜，雖然外面的世界矇矓不清，可是她仍窺見到片片雪花漫天紛飛。

今早睜開眼睛，外頭便一直下著雪，照夜告訴她雪太大了，不可以外出。雪啊雪啊，快點停吧，要是一直維持到晚上，她便不能與昨天的小執事玩耍了。

露絲亞有點失落地望回大廳，照夜亦恰好捧著大堆已洗滌的衣物經過。

「我也來，我也來幫忙！」她高高興興爬下窗台，拾起不小心掉到地上的襪子或小手帕。「照夜喜歡下雪嗎？應該是不喜歡？因為下雪過後要打掃走廊呀，不過我也會幫忙的啊？」

照夜沒有回話，她在火爐旁放下衣物並架起了晾衫的繩索後，本想伸手輕撫一下這個小助手的頭以示讚賞，唯獨手凝在半空半晌，最後悄悄放下。

「照夜啊，妳說魔王大人會喜歡下雪嗎？」看到照夜揚開衣服，露絲亞便立即遞上夾子，好讓她不用重複彎身工作。「魔王大人下雪時都在做甚麼？與角鴞老師一起看書嗎？他會幫忙做家務嗎？」

她問了很多，待所有衣服都掛起來，照夜才簡短地回答一句：「魔王陛下不需要做家務。」

「為甚麼不需要做家務？對了，照夜說過其他姊姊們都住在東翼，她們會替魔王大人做家事嗎——」縱使照夜沒有回話，露絲亞依然樂此不疲地跟在後頭，一直喋喋不休問著關於魔王的事。

魔王需要處理很多事務、學習很多知識，而且角鴞的督導也似乎滿嚴厲的，唯獨魔王總是散散漫漫，這令大伙兒相當著急又懊惱——

露絲亞不知道的事情，照夜全都知道。

她也知道若然說出來，這個女孩一定會非常高興，不過照夜沒這個打算。她從沒忘記被委派到西翼照顧露絲亞的那天，角鴞曾經吩咐，關於魔界、魔王、血祭、城堡、甚至自己，一切不需要對露絲亞說明太多。

回神過來，露絲亞仍舊纏在她身邊打轉，見照夜穿起大衣，立即不解地問：「照夜不是說下大雪很危險嗎？為甚麼妳要外出？」

「今天東翼送來食材，我必須去。」

「我可以跟來嗎？」

「妳必須留在這裡。」

「那麼照夜要趕快回來啊！」露絲亞沒有扭鬧，還愉快地為照夜送行。「對了，可以替我跟姊姊們說謝謝嗎？她們送來的食物都很好吃！」

大門關上之前，照夜瞥見她坐在原地微笑揮手，似乎決定呆在那邊等她回來。

相對灰林鴞，露絲亞的生活簡單太多了，她的任務只要好好活著，直到魔王的成人禮為止。

她只需要活到那天就可以，因此沒必要讓她了解太多。

雪花迎面紛飛，烏雲密佈的天空，遠處抹上了一小片淡橘。寒風凜冽，幸而衣服殘留著室內的餘溫，照夜踏著已到腳踝位置的積雪前行，當她經過庭園，腦海立即浮現兩個小孩在雪地玩得樂不可支的情景，烏瞳不自覺黯淡下來。

對一個孩子而言，那種生活大概非常刻板又艱苦吧？

因此陛下才會千方百計逃到這邊，稍微喘息嗎？

別想了……別再想那些自己無能為力的事，安安份份完成工作比較實際。

照夜撇開雜念穿過結界，原本永無止境伸延的走廊，眨眼間多了兩名女僕站在不遠處，旁邊還有幾輛手推車，載滿蔬果和麵粉之類的食材。

「為甚麼非得為了一隻人類，跑到魔界邊境收集食物啊？」

「長途又危險，討厭死了。」

「不就是一隻待宰的人類而已，用得著吃那麼多？」

「對啊，跟我們一起吃老鼠吃蛇不也可以嗎？」

兩名女僕看起來風塵僕僕，嘴裡滿是對露絲亞的怨言。她們看到照夜來了，話題便順勢蔓延到她身上。

「說起來，最可憐的還是照夜妳啊。」

「就是啊，天天要照顧那隻人類，想當初連吃、喝、說話、上廁所都不會！」

「人類真是愚蠢得可怕！」
「真希望趕快到祭祀那天！」
照夜本想說點甚麼，欲言又止了一下，最後選擇無視剛才的對話，不為露絲亞申辯也不加入抱怨，專注地做著自己的事。
——她不配活在魔界。
——人類的血會沾污鴞族高貴的力量。
——趕快去死，早日把鴞族的榮譽還來！
乖巧的露絲亞從來沒開罪過任何人，可是這裡誰都厭惡她、鄙視她，甚至偷偷說西翼圈養了一頭低賤的人類。無他，只因魔界自古而來崇拜力量、講究種族，對於非我族裔的相當排斥。
身為人類，更是原罪。
雖然貴為萬中無一的祭品，甚至可說是鴞族的恩人也不為過，可惜這事實終究被強烈的自我優越感輾碎。
工作終於在怨聲載道下結束了，正想跨進西翼之際，照夜忽然記起了甚麼。
「食物都很好吃，謝謝妳們。」她回頭丟下這句，便遺下女僕們在結界外一臉疑惑。

照夜冒著風雪，將一車又一車的食材推回大樓。她把厚重的木門拉開，被蠟燭的光暈薰成橘黃的玄關裡，果然坐著一個小身影。

露絲亞果然還在原地等待。

「照夜回來了，工作辛苦了！」露絲亞捲起袖子，一臉準備就緒地向照夜伸出雙手。「接下來要把食物搬到地下室對不對？我也要幫忙！」

天藍的眼睛充滿期待，照夜卻只搖頭拒絕：「不需要，我來做就好。」

看吧，她默默收回手，果然感到掃興了。照夜深知自己有點狠心，可是露絲亞本來就不需要幫忙任何事，她只要好好活著就可以。

然而當照夜把食材放置好，回到門廳時露絲亞已捲起衣袖，手執拖把有模有樣地掃掃抹抹了。只見她不時撥開長髮，沒多久又再掉下來擋著眼睛，照夜只好默默繞到她身後，溫柔地將長長的金髮束成馬尾。

「謝謝照夜！」露絲亞一貫地笑得燦爛，馬尾讓她看起來更活潑可愛。

看著她一邊哼歌一邊擦地板，剛才女僕們的怨言彷彿又循著寒風吹到照夜的耳畔來。

她偷偷慶幸，那些傷人的說話，露絲亞從沒聽見。

露絲亞從沒接觸過西翼以外的世界，也不曾察覺自己與其他人的差異，每天總是笑逐顏開地過活——

每天總是笑逐顏開地期待死亡。

「鴞族是這片大地最崇高、最偉大的存在，壞心眼的魔女因為妒忌鴞族的強大，所以施下傷害鴞族的詛咒……

世界都因此而嘆息，為了鴞族、為了魔界、為了抵抗魔女的詛咒，獻上卑微的性命吧！奉獻出的心臟將得到永恆的光榮。」

忙碌了一整天，雪還是沒有停下，悶悶不樂的露絲亞只能窩在沙發裡看書。她掀開一幅又一幅童話般的可愛插圖，朗讀出一句又一句失實與煽情的句子。

「魔女很壞，為甚麼她要這樣對待魔王大人的先祖？」看著書本上那個醜惡的黑衣魔女，露絲亞為鴞族感到非常不值。

可是默想了一會，她又一臉幸福地總結——

「不過啊，多虧這樣我才可成為魔王大人的祭品呢！」

自懂事開始，她便明白自己生存的唯一意義，就是為了至高無上的鴞族、為了萬物敬仰的魔王大人。

她的血、她的肉、她的生命、她的所有所有——全都屬於魔王大人。

能夠被選中成為祭品，能夠參與至高無上的魔王成年禮祭典，她簡直是得天獨厚的孩子。

必須懷抱感激的心，為魔王而活。

必須懷抱期盼的心，為魔王而死。

世上再沒有任何事情，比為魔王大人奉獻性命更來得幸福了！

「照夜，我還要多久才能和魔王大人見面啊？」

露絲亞從沙發探出頭來詢問，只見正在打掃房間的照夜，她的背影僵住了一下，很快又繼續工作。

過了好久好久，照夜才回答：「……一般而言是成年禮的祭典。」

「真希望祭典趕快舉行啊！」露絲亞深知祭典意味著甚麼，駭人的是她由衷憧憬。

從她純真的笑容中，照夜看見了身為鴞族的殘忍。

別想了……那是既定的命運與結局，別再想那些自己無能為力的事。

「明天——」照夜主動開腔，硬生生轉到別的話題。「來烤蘋果派好不好？」

「好啊，最喜歡蘋果派了！」露絲亞聽見立即眼前一亮，高興地歡呼。

露絲亞不知道的事情，照夜全都知道。

惟獨她能做到的，只有學習人類料理、努力打掃房間，也盡可能整理一下庭園。如果這份殘忍可以換來虛假的幸福，她也願意盡自己最大的努力去照顧這個人類孩子。

贖罪也好、彌補也好，她只希望露絲亞在短暫又扭曲的人生中，可以過得快樂一點。

「啊啊，停雪了！」露絲亞忽然興奮地跳下沙發，拉著照夜來到窗台。

烏雲稍微散開，夕陽的餘暉終於灑落大地，庭園上的積雪泛起柔和金光，天藍的眼瞳也隨之一起閃爍著。

「照夜照夜，我可以出去玩嗎？可以嗎？」露絲亞急不及待追問，沒想到照夜已經拿來大衣和圍巾，默默替她穿上了。「妳說啊，小執事今天會不會來？」

「他不要再來比較好。」獵人要跟獵物成為朋友，這玩笑的傷害也太大了，不要再來，對彼此也好。

真心話不自覺脫口而出，趁露絲亞還沒反應過來，照夜趕緊打開大門並叮嚀：「天黑前要回來。」

「好！」露絲亞也知道要把握時間，笑著跑出大樓。

大雪奇蹟般停了。

露絲亞張開雙臂，小心翼翼地前行，展望大樓外的地板全都是厚厚的積雪，她不禁苦惱起來，明天照夜一定打掃得很辛苦了。

西翼那麼大，卻只有她和照夜兩個居住。

她看著照夜每天努力地到處掃掃抹抹，可是西翼實在太大了，憑照夜一雙手根本沒辦法管好所有地方，經常一場雪過後，便把她的辛勞全蓋住。

嗯，明天吃完蘋果派，就和她一起打掃吧！

明天的活動就這樣愉快地決定了，露絲亞一邊聽著踏雪聲，一邊來到庭園。悶在室內大半天，現在終於停雪，她竟然沒有立即衝進去玩耍，而是坐在一旁，托著腮子乖乖等待。

她呆望東翼和西翼互通的走廊好久好久，可惜太陽快下山了，四周仍舊靜悄悄的，期待中的身影始終沒有出現。

小執事今天工作太忙嗎？

他還會再來玩嗎？

露絲亞最後按捺不住走進庭園，原本雪魔王存在的位置，早已被大片白雪覆蓋掉。

雪停了。

可是甚麼也沒有了。

為甚麼照夜會說他不要再來比較好？

所以他們不會再見面、不會再一起玩了吧？

說起來，她還未知道小執事的名字呢。

不知為何，濃濃的失落感湧上心頭——啊啊，不可以沮喪，魔王大人不會喜歡苦著臉的祭品啊！露絲亞連忙用力搖頭，彷彿要把所有負面情緒狠狠甩走。

她決定了，即使今天只有她一人，也要玩得快快樂樂的！她毅然跪坐到地上搓弄著雪，重新堆砌出她幻想中的魔王大人。

露絲亞喃喃自語：「真想趕快為魔王大人奉獻呢。」

不要緊的，沒甚麼事情比魔王大人來得重要。

沒有自由，沒關係。

沒有朋友，沒關係。

只要有魔王大人就滿足了。

對了，記得照夜說過，那邊的東翼大樓是魔王大人的書房，不知道魔王大人正在做甚麼──她不自覺抬頭一望，卻沒想到一個同樣盼待已久的身影率先映入眼簾。

灰林鴞終究還是出現了。

「今天工作辛苦了！」

露絲亞乍驚乍喜，天藍色的眼睛不停眨巴眨巴，直到確信灰林鴞不是幻象，她高興得雙頰漸漸緋紅，笑得非常開懷。

灰林鴞欲言又止了半晌，一雙灰眸沒精打采的，神情相當複雜。他頹然坐在露絲亞旁邊，呆呆看著她快樂地搓雪球。

「我啊，其實我有一個很重要的職責，不去承擔的話大家會很困擾，可是我真的覺得好辛苦，每分每秒都有甚麼壓在背上似的，快要喘不過氣……於是今天我逃過來了。」

未幾，灰林鴞終於開腔，不管露絲亞有沒有聽懂，他依舊自顧自說。

「可是──這樣做不對，不論是逃出來還是與妳見面，我全都不該這麼做，所有事情都不對……矛盾的是，我真的很高興，和妳玩耍甚麼的，大概是我活著以來第一次那麼高興……」

說到後來，他索性把頭埋進雙膝，不讓露絲亞看到他泫然欲泣又萬分羞澀的模樣，唯獨暴露在外的耳朵於寒風中通紅不已。

跟他預想中一樣，露絲亞沒有全然搞懂他的告解，她只知道小執事今天似乎累透了。

「雖然我不是很懂，可是謝謝你告訴我那麼多！」露絲亞丟下雪球，稍微再挨近他一點。

「我也是啊，和你玩耍很開心！」

雖然照夜說他不要出現比較好──

雖然他不是自己日思夜想的魔王大人──

可是看見灰林鴞，露絲亞便好高興。

「有甚麼不開心可以告訴我啊，我會好好聽你的。」

露絲亞模仿他屈膝而坐，不過她沒有把臉龐埋起來，而是對著他甜甜地笑。金白的髮絲輕輕軟軟垂落在她臂膀，襯上純白的庭園，此刻的情景彷彿是個朦朧的午夢。

「這裡只有我和照夜，我們都不會告訴別人，所以想玩就來玩吧。不過也不能只顧著玩耍，明天要把工作好好做完才過來啊？」

灰林鴞僅餘的一絲理智，因她這番溫柔的話語徹底瓦解。

身份、真相甚麼的，他不想理會了。

他只希望有個可給他喘息的地方，讓他暫時忘記那個沉重的責任。

「我們來弄一個巨大的雪魔王吧？」他豁然開朗，更主動拾起雪球來堆弄。

露絲亞見狀也立即興高采烈加入：「而且要很威武的那種，才會像魔王大人！」

「噗──」聽罷，真正的魔王忍不住笑了。「好，可以啊。」

太好了，他終於笑了。

雖然他不是自己最敬重、最憧憬的魔王大人──

可是看到灰林鴞重拾笑容，露絲亞便好高興。

要是這份心情可以延續久一點就好了。

※　※　※

這天的訓練，灰林鴞面對的不再是單純只會亂逃的魔物。

角鴞指向房間中央默唸咒語，一隻兇猛的雙頭蜈蚣便憑空出現，在魔法陣內漸漸具現成形。

「請陛下運用所有能力，打敗這隻魔物。」角鴞話音未落，雙頭蜈蚣已爭先恐後衝向灰林鴞。

紫黑的魔物猛然貼近眼前，灰黑的鴞翼慌亂展開。

眼看蜈蚣在地上撲個一空，灰林鴞於半空中恍然回神，才懂得慶幸恰好避過一擊。

蜈蚣沒有給予他額外的喘息機會，頭和尾互相拉扯卻又目標一致，它迅速攀上了書櫃，再次來襲。灰林鴞雖盤據於空中但沒有佔優，他幾次想湊近迎敵，唯獨蜈蚣兩頭都凶猛無比，害他一時間無從入手。

如鐮刀般的嘴巴開開合合，上百隻足爪敏捷舞動。尖銳如針的黑爪在牆上滴滴答答敲過不停，既急且亂的刮抓聲彷彿在虛張聲勢，令灰林鴞不敢妄然上前。

一鳥一蟲隔空對峙，瞬間陷入了僵局。

察覺灰林鴞沒有積極進攻，角鴞似乎有點不滿，主動揚聲提醒：「除了『奪取』和『承傳』這兩種王族世代擁有的能力，陛下可別忘了自身的能力是甚麼。」

話畢，蜈蚣彷彿厭倦了僵持，猛地突然撲近——

自身的能力嗎……角鴉的話語縈繞耳邊，灰林鴞毅然撤手一試。

他隨手拾起手邊數本書用力丟出，皮革書封脫離指尖的剎那，風勁將厚厚的書頁翻掀開來，赫然撕裂成血盆大口，長出雜亂無章的獠牙。

平平無奇的書本竟蛻變成會飛行的猙獰魔物，雙頭蜈蚣躲不開突如其來的援兵，兩端的頭部遭狠狠咬住。

墮地一刻，勝負已分。

鳥爪伸向仍然拚命掙扎的百足身軀，沒多久兇猛的魔物只剩下一具空殼。灰林鴞放開手回到角鴞面前，唯獨書本們仍然在爭相啃食那個曾經是蜈蚣的殘骸。

他看著眼前的駭人畫面不禁納悶起來，這是他喚醒的魔物嗎……

「『魔物化』——把任何觸碰到的事物隨心所欲喚醒成魔物，這就是只屬於陛下的能力。」彷彿理解到對方的疑惑，角鴞主動上前解說。「要緊記運用時的感覺，只要灌輸的力量愈強，被喚醒的魔物便愈厲害。」

聯想到角鴞每次召喚魔物的情景，灰林鴞忽然心生好奇：「角鴞的能力也是『魔物化』嗎？」

「在下的能力是『具現化』，雖然與陛下的能力效果相近，但實際運用完全不同——」

角鴞正在仔細說明，灰林鴞分神瞄瞄窗外，便發現夕陽的位置不偏不倚落在遠處的山腰。

差不多可以下課了，這星期沒有下雪，雪魔王大概可以在這天完成吧？軀體還困於書房，心思卻早一步飛躍出窗外，灰林鴞甚至已經想像到那片雪白的庭園，一個熟悉的小身影便跑上前迎接他——

呼噗呼噗！

忽然一連串的書本雜物被撞倒一地，把一切想像淹沒掉，灰林鴞朝看騷動的來源，不禁嚇呆了。只見書本魔物早已把蜈蚣吞噬乾淨，攻擊對象消失了，它們竟開始互相廝殺起來，周邊的物件全都不幸遭殃。

「給我住手啊——」他趕忙衝上前回收魔力，可惜為時已晚，大半間書房現眼一片狼藉。

明明已經快要下課了，房間卻亂成這樣子！他一邊自認倒楣一邊把書本收回櫃裡，全然不知道他的舉動令角鴞微感錯愕與為難。

「陛下有更多重要職責在身，無須動手做這種雜事。」

「不，儘管是微細的事，自己搗亂的東西還是要自己收拾才對……」

這是某次他在西翼玩鬧過後，露絲亞扁著嘴巴教訓他的——灰林鴞險些就這樣坦然補充，惟恍然回神發現面前的是角鴞後，他急忙把話吞回去，繼續專心整理雜物。

沒兩下就弄得這麼混亂，究竟能不能趕在用膳前收拾好——啊，這些是……地上一堆亂七八糟的舊捲軸，惹起灰林鴞的好奇心。

他把其中一卷的繩結解開，一張古舊的版圖便呈現眼前。

「這是魔界的地圖？」可是這跟他看過的不太一樣，這幅地圖不只殘舊，還繪畫了很多他沒看過的地區和事物。

「這算是世界地圖，不過屬於很古舊的版本。」角鴞上前取過地圖，將它完整拉開，攤平在書桌上。「陛下可以看見這邊區域從前仍是荒蕪之地，一直有各種魔族爭奪霸佔，後來全都被先王統一，成為現今鴞族的領土。」

聽著角鴞的解釋，他顯得一臉嘖嘖稱奇。

「那麼，那邊又是甚麼地方？」

「……是人類聚居之地。」

隨心一問，換來意料之外的答案。

灰林鴞湊近細看那發黃的紙張及褪色的墨跡，深灰的眼瞳內盡是訝異。在這之前，他從來沒想像過人類住在哪裡，如何生活，現在他終於有概念了——

鴞族的城堡在捲軸的這一端，人類的地區則是捲軸遠遠的另一端。

中間相隔了一大片森林、高山、低谷、河流、沼澤、平原，最後才僅僅到達人類國土的邊境。

好遙遠……

居住在世界彼端的人類竟然會在城堡裡頭，與他一起生活著。

「露——那個人類祭品，她是怎麼來到這裡？」人類不懂飛，灰林鴞實在難以想像她是怎麼跨越遙遙萬里的大地，出現在他身旁。

「……每個人類祭品，都跟歷任魔王同時出生，這可確保完全將力量暫存體內。」角鴞遲疑了一下，半晌過後才淡淡回應。「我們透過卜卦獲知祭品所在地，為了獲得這個萬中無一的祭品，我們偷襲和屠殺人類不少村莊和城鎮，聽說人類將我們的舉動稱為血祭。」

未有見識過那月夜下的火海，也不曾聽聞過人類絕望的哭嚎，然而伴隨角鴞輕描淡寫的描述，某種異樣的感覺悄悄在灰林鴞體內蔓延，緊緊勒住心臟。

每當想起露絲亞，每當心臟躍動，他便頓覺無比沉痛。

也就是說。

鴞族把露絲亞的家人殺害——

把她的原居地夷平——

把她拐來魔界囚禁——

最後把她宰掉。

書房內霎時陷入死寂，空氣沉重得差點令人窒息，越過窗戶的夕陽彷彿把這空間的時間停頓了。

角鴉察覺到灰林鴞情緒驟變，黃金色的眼瞳亦隨之黯淡下來。他直直盯著灰林鴞好久好久，最終還是決定有話直說：「恕在下直言，在成年禮前，魔王沒必要跟祭品接觸。」

短短一句話，瞬間在灰林鴞腦內轟然迴響。

甚麼——角鴉怎麼會知道！連日來努力守護的秘密一下子就被揭穿，他既羞且怯地抬望，卻見角鴉依舊一臉從容。

「力量就藏在祭品的心臟，要取回力量就必須挖出心臟。」

角鴉一反常態，沒有率先說教或追究任何責任，他不徐不疾地把事實全盤告知，甚至主動幫忙收拾捲軸，無論是舉動還是言語都叫灰林鴞無所適從。

「除非能夠解開詛咒，正式終止這種迂迴又複雜的繼承儀式，遺憾歷代魔王費盡心思也找不出『魔女的絕望』究竟是甚麼。」

換言之，沒可能不殺露絲亞。

這天的課堂就在沉重的現實中結束了，角鴉一如以往關上沉實的木門，走在寬長的走廊，唯獨沒多久便在一扇窗前停步。他眺望窗外，一個小身影從同一樓層飛出來，撲入橘色漫漫的黃昏中翱翔，接近西翼的那刻，那身影便杳然無蹤。

角鴉一直知道灰林鴞是個聰明的孩子，只要是感興趣的事情就會掌握得很快，然而當親眼目睹他潛入結界時，角鴞仍然不禁刮目相看。
沒有請教過任何知識或經驗，只憑自己努力鑽研古籍，或許連灰林鴞也不知道自己所使用的其實是相當深奧的潛行術，他卻以極短時間領悟透徹，甚至懂得如何將其簡化來配合自己的水平。
當初還以為這孩子的欲望只是修復望遠鏡，現在想起來實在太低估他了。
他很聰明沒錯，但遺憾的是，努力的目標和方向徹底錯誤。
想及此，角鴞感到非常為難，黃昏雪景如斯美麗也映不進他的眼簾，滿腹的煩惱令他眉頭緊皺在一起。
他早就知道最近灰林鴞每天下課在期待甚麼。
他也明白仍是孩子的灰林鴞欠缺一個同齡朋友。
然而他更清楚，灰林鴞是高高在上的魔王，這個魔界裡沒有任何魔物可跟他平起平坐，他不需要朋友，也根本不會有朋友。
更遑論對象竟然是那個人類祭品。
矛盾的是，灰林鴞為了擠出更多時間跑去西翼玩樂，於是認真把所有事情和課題做得無可挑剔，甚至還在那邊學會了責任心，這些都是角鴞意料不及的連帶效果。
或許他需要檢討一下教育方式，可是若果現在強硬限制灰林鴞的活動範圍，恐怕只會適得其反吧？縱使目前別無他法，剛才提及血祭時灰林鴞沉重的神情，又令角鴞隱約認為必須及早結束他們的關係。

再這樣下去，事情會有不可收拾的發展。

直接告訴他事實，大概是另一個驅使他放棄來往的方法。

恰如角鴞所想，那個可預見的未來狠狠投進在灰林鴞腦海，牽起久久未能平息的漣漪。

灰林鴞帶著微妙的心情飛進西翼天空，眼睛熟稔地俯視庭園旁的小台階，馬上發現露絲亞坐在那兒，同樣正在仰望自己。

「今天工作辛苦了！」鞋尖剛著落雪地，露絲亞便熱情地撲上前迎接他。「最近沒有下雪，我猜今天雪魔王應該可以完成了！」

甜膩活潑的嗓音組成他在課堂時同樣所想的事，這種心有靈犀令他一愣，他訝異地望向露絲亞，她便歪著頭不解地回望他。

藍眸迎上了灰瞳，甜甜地瞇成一線。

灰林鴞難堪地移開目光，他驀然沒辦法直視她的笑顏。

只要看著，心便刺痛。

身為魔物的灰林鴞，與身為人類的露絲亞相遇了。

並非因為他潛入結界，也並非因為奇蹟——而是因為一個纏繞鴞族的詛咒，以及一場又一場殘忍的屠殺。

明明他甚麼也沒有做，卻早就害慘了她。

很怨憤，很不甘，卻不知道該責怪誰。

「妳怎麼會喜歡魔王？」現在灰林鴞看著她興高采烈地堆雪，內心便更納悶了。「他會殺了妳啊，妳不怕死嗎？」

「不怕，能夠為魔王奉獻是我的榮幸！」露絲亞望著快要完成的傑作，神情流露出無限憧憬。未幾她忽然想起了甚麼，於是又賠笑補充。「不過偷偷跟你說，我其實很怕死時會好痛……但我還是會好好忍耐啊，畢竟這是祭品的天職嘛！」

夕陽灑落在金色髮絲和皙白的臉龐，泛起了淡淡光暈，此刻的露絲亞看來多麼一塵不染，全然不知雪白的庭園背後，拉扯著一道巨大的陰霾。

她不知道自己的身世，也不知道鴞族對自己做了甚麼事情。她的世界裡早就被灌輸魔王是她的一切，沒有拒絕的權利，甚至要笑著乖乖奉獻。而那個剝削她的罪魁禍首，現在卻和諧地陪她玩耍，或許天底下再沒有比這個更諷刺的事了。

在早已既定的未來裡，魔王會親手殺死祭品。

一如過往所殺的魔物，露絲亞會痛苦、掙扎、絕望，最後化成一堆白骨。因為大地上某個魔族開罪了魔女，於是攀山越領抓來毫無關係的人類為牠們頂罪和犧牲，摧毀她整個人生之餘，還把真相埋起來，扭曲她的思想，這樣做是不是太過份了？

縱使最後甚麼也不剩，但至少現在該當告知事實，令她懂得怨恨魔王、怨恨鴉族，取回該有的情感表現，還她一個微小的公平。

「露絲亞。」灰林鴉主動上前握住她微冰的手，欲言又止了很多很多次，最後仍然說不出半句話。

怎麼了？

剛剛想得那麼正義凜然，為甚麼現在說出事實，甚至連道歉也辦不到？

對啊……因為真相公開的話，他便會失去這個唯一的朋友，繼續囚在鳥籠中孤獨地生活。

如果他有這份堅決，早就不會再踏足西翼半步了。他根本不希望給露絲亞知道，他就是間接害她家破人亡的元凶，更是即將殺掉她的兇手，只希望她永遠毫無防備地對自己微笑。

灰林鴉赫然發現，那尊醜惡的雪魔王雖跟他截然不同，卻又的確是他的化身。

「怎麼你今天呆呆的，工作太累了嗎？」露絲亞伸手撥走他灰髮上的雪花，一臉擔憂地問。

露絲亞愈溫柔，灰林鴉愈愧疚。

不知為何，那條黑橘分明，彷如牢籠剪影的無盡走廊在腦海浮現，那種好像被甚麼踐踏的感覺又再一次烙印心坎。

無能為力的感覺差勁透了……真的沒辦法改變局面嗎？

凝望二人相牽的手，灰林鴞毅然決定。

「妳知道鴞族需要祭品，是因為中了詛咒嗎？」就如角鴞所言，他早晚也會失去她，不過──

「如果詛咒解開，妳便不用送命。」

不過角鴞也說過，只要解開詛咒就可以。

就像那時候一樣，稍微任性一下吧？

只要扭轉那個既定的未來，露絲亞便不用死。

只要不公開真相，他們就能永遠膩在一起了。

露絲亞低頭思索了好久，在她認知裡從來沒有不用死的選項，因此顯得十分迷茫又疑惑：「不用死……活下去之後呢？」

「活下去之後──」他把手再收緊一點，城堡內從來沒人拒絕過他的要求，然而不知怎的這次他十分忐忑不安，整顆心臟懸在半空。「就跟魔王一直一直在一起，好不好？」

「真的可以嗎？太好了太好了！」幾乎是立即，露絲亞主動湊近，大大的笑臉貼近面前。

「我們來一起陪著魔王大人吧，快告訴我要怎麼做！」

西翼的空氣總是混雜著植物與冰霜的蒼涼氣息，唯獨此刻增添了絲絲清爽。她表現得比想像中還要高興，灰林鴞也頓時滿懷憧憬。

不行，現在還不是飄飄然的時候——他努力收斂湧在嘴邊的笑容，認真地思考可行方案。早陣子他在研究潛入結界時，也曾看過關於強行衝破束縛或詛咒的魔法，雖然他偷偷記起來，可是從來沒有實踐過。

沒問題的，試試看吧？

說不定會像闖入西翼時一樣，奇蹟般一下子便成功。

灰林鴞牽著露絲亞來到庭園中央，默唸著咒語。

風聲停止，四周的空氣悄然凝結。

一道道由光芒組成的咒文，從他們緊握的手中浮現伸延，如柔軟的絲帶般漸漸攀附著露絲亞。

實在難以想像接下來會有甚麼發展，露絲亞有點慌惶失措地望向灰林鴞，想要從他身上尋求些微安心感，沒想到他神情相當認真，沉重又專注地施放魔法。默想了一會，她豁然閉上雙眼，決定把所有猶疑拋諸腦後，全心全意將自己付託給對方。

閉目一刻，咒文蝕進了皙白的肌膚。

腳邊的積雪倏地濺起，如海嘯般洶湧反噬橘色天空，西翼大樓亦如沙堡般不堪沖擊，一推而散。

建築倒塌的那刻，灰林鴞緊緊擁護著露絲亞，灰塵與白雪漫天飛揚，西翼剎那間一片頹垣敗瓦，唯獨風暴中心的兩個小孩絲毫無損。待所有騷動平息下來，他才敢放開懷中的女孩。

「對不起、對不起——有沒有受傷？有哪裡痛嗎？」

「沒有啊？」

見她安然無恙，灰林鴞才敢稍微鬆口氣，鬆口氣之後，另一份擔憂又立即接踵而至。

她沒有異樣、他亦沒有獲得力量的感覺，看來是失敗了。

失敗了——準確而言是搞砸了！

灰林鴞這才懂得抱頭叫苦，他闖大禍了，而且這個程度恐怕已經不是被角鴞微言輕責那麼簡單了啊！

「問問你啊？」看著半毀的城堡、從瓦礫中僥倖逃脱的照夜、還有在黃昏中憑空出現的角鴞，露絲亞忽然沒頭沒腦地問：「我們毀了魔王大人半間屋子，他會不會很生氣？」

「咦？」

「嗯？」

灰林鴞訝異地望向露絲亞，她便歪著頭不解地回望他。

對啊，她還不知道灰林鴞是魔王。

察覺到這點，灰林鴞不禁偷偷祈求，拜託角鴞等下不要在露絲亞面前說教。

要是真實身份被悉破的話，她會怎樣想？

一定會覺得魔王弱爆了，失望透頂吧？

第3章

黑夜與覺悟

自己搗亂的東西，自己收拾。

角鴞貫徹了灰林鴞這番說話，要他獨自扛起責任。不過，這次不是書櫃遭搗亂的小鬧劇等級，而是大半座西翼倒下來了。

雖然利用「魔物化」省下不少功夫，可是這種粗活還真是累人啊……灰林鴞貼在地面低飛盤旋，他伸手撫過的磚瓦和碎石都紛紛長出了手腳，自動跑到所屬的位置。

破損的一堆，尚算完整的則是另一堆，勞動了大半天才僅僅整理出兩個小小的石丘，灰林鴞頹然躺在瓦礫上稍微小憩。

鴞族被一名魔女詛咒，多年來沒有一任魔王能夠解開——雖說這個家族史從小他已耳熟能詳，可是如今他看著廢墟般的西翼，才確切感受到這個詛咒到底有多厲害強大。

他這輩子就注定乖乖屈服在這份巨大的力量之下嗎？

「一輩子」究竟有多長遠呢？雖然年幼的灰林鴞不怎麼有概念，可是將會做些甚麼，他大概也知道多少。

殺掉祭品，繼承力量。

然後，他的後代也會重複這種事。

龐大而遙遠的夜空，廣闊無邊的漆黑裡悄然飄來一顆白雪，灰林鴞高舉手接下，在這個詛咒面前他到底有多渺小？

咦，東翼那邊怎麼有燈光飛來？

點點微光在半空浮游不定，漸趨漸近，打斷了灰林鴞的思緒。他趕緊坐正身子張望，便遙見十多名家僕攜著大大小小的修葺工具飛來。個子還小的灰林鴞恰好被一塊大瓦礫擋住，誰也沒發現他的存在，家僕們自顧自分配工作，迅速加入收拾行列。

原來西翼的結界被撤走了嗎？

也對啊，祭品不在，所以這裡也不需要結界保護——西翼倒塌之後不久，露絲亞就被角鴞和照夜帶走了。

所幸的是，角鴞並沒有在露絲亞面前叱責他，魔王這身份仍然得以隱藏。

灰林鴞不自覺望向那條唯一東西互通的走廊，時間彷彿回溯到黃昏，露絲亞在廢墟前跟他揮手道別，那時候她擔憂又迷茫的神情，他現在仍然歷歷在目。

不知道她被安置在哪兒？

應該沒有被責怪吧？

不管如何，她和照夜暫時也不能安安穩穩地待在西翼了。

想及此，灰林鴞頃刻被內疚感壓得死死的，有機會的話真希望跟她們道歉啊！

不過，道歉的對象不只她們就是了。

「哇——也太慘了吧！」

「比想像中還要難清理啊……」

「這陣子得沒完沒了地加班啦——」

家僕們看到西翼的慘況，也非常錯愕和震驚，他們的反應使灰林鴞更加羞窘又苦惱。

他沒成功解開詛咒之餘，還牽連許多人。

嗚、要跟大家好好道歉才行——

「所以說，人類真是麻煩又討厭！」

唯獨當灰林鴞正想現身跟大伙兒道歉之際，卻聽見了這句怨言，不由得愣在原地。

「一想到城堡養了愚蠢低賤的人類就覺得噁心了。」

「真是不知好歹的人類，竟然沒有管好鴞族的力量！」

「趕快去死吧，不要再搞甚麼爛攤子給我們啊！」

流言蜚語灌進耳中，他頓感心臟空洞起來。

他闖禍了，為甚麼大家抱怨的不是魔女、不是詛咒、甚至不是他，而是身為人類的露絲亞？灰瞳內盡是不解和訝異，他欲想開腔說明整件事的始末，豈料卻被家僕們早一步發現了他。

「啊，是陛下！」

不知是誰叫道，大伙兒朝灰林鴞一瞥，不管原本是在搬運大石塊，還是站在參差不齊的瓦礫上，全都頃刻單膝下跪敬禮。

眨眼間，交談聲和挖土聲消失，整片廢墟裡只剩他一人站立著。

等等、別這樣──灰林鴞全然阻止不了家僕們，只要大家看見自己，便會不分情由立即下跪，這個情景無論看多少次，他依然非常不習慣。

「你們先起來……」即使有羽毛保護，可是跪在尖石堆上還是很痛吧？

他慌慌張張想請大家免禮，可是家僕們好像沒注意到他在講話，繼續七嘴八舌地發表，自顧自說。

「沒想到陛下百忙中也來巡視西翼情況！」

「我們要更努力工作才行！」

「陛下請放心，那個人類破壞的地方，我們絕對會修葺完美！」

熟悉的無力感湧上心頭。

沒有高高在上的優越感，只有如黑夜般濃得化不開的慚愧和鬱悶。

由他懂事開始，身邊的所有人都習慣將他放在一個崇高的位置尊敬、崇拜。即使他有話想說，即使他有心情想要表現，他的真正想法從來未被重視過。

他們下跪欠身的姿態，反而把他隔絕了。

角鴞曾告誡他，身為魔王本來就不需要與下僕多作溝通，只要默不作聲離開就好。

可是，現在不一樣。

儘管他以往默默遵循著這套做法，唯獨這次他不想就這樣作罷。

有件事他必須要澄清。

「你們不要怪責任何人，西翼弄成這樣是因為──」

「──是因為鴞族的力量過於強大，偶然會不受控制。」

灰林鴞一鼓作氣，未料這次又被打斷。

只見角鴞不徐不疾地現身，走上前隨家僕們一起下跪：「在下已分派奴僕清理現場，請陛下安心回書房處理正務。」

「不要。」

沒有一如以往說好。

他首次衝口而出說不要。

角鴞強硬地結束話題，還俐落地鋪設下台階，灰林鴞卻非常不忿，甚麼時候他淪落到連稍微說句話、道個歉也不被允許了？他盯著角鴞，角鴞同樣不閃不躲地直視，金黃色的眼瞳有如冰湖一樣冷澈得令人心寒。

「總之、對不起，西翼遭受破壞是我的過失，你們別怪責任何人。」

話畢，西翼陷入相當漫長的沉寂，氣氛愈來愈凝重，在場的下僕們都不禁面面相覷，不知如何是好。

「你們都先退下。」角鴞一聲令下，不消片刻西翼只剩下兩名鴞族。

一主一僕持續對峙，角鴞依舊不語，默默直視著灰林鴞，既像等待他繼續獻醜，也像等待他解釋。未幾，灰林鴞果然沉不住氣，咬咬牙率先開腔說話了。

「露絲亞並不低賤，她很善良，可惡的是魔女和詛咒，不是無辜被抓來魔界的人類。」灰林鴞努力釐清關係，他至少希望角鴞會理解他的想法。

角鴞則維持一貫的語調回應：「陛下無須維護祭品的名聲，卑賤的人類能為鴞族貢獻是他們的光榮。」

灰林鴞聽得懂每一個字，卻又難以理解當中的意思。

他不明白。

到底是哪裡出錯了？

為何自己沒做過任何輝煌事蹟，單純只因為擁有王族血統，大伙兒便由衷尊敬？

明明露絲亞為了鴉族而犧牲所有，甚至全心全意奉獻自己，為甚麼大家仍然那麼鄙視她？

「恕在下無禮，陛下最近是不是有點囂張了？為甚麼會認為自己有閒暇同情別人？」灰林鴞還沒有說話，角鴞卻早已洞悉他的想法，搶先斥訓：「陛下要關心的是鴉族、力量、王位，還要背負很多重要職責，請好好面對自身的責任，別再任性妄為，也別再逃避和依賴別人。」

逃避？

依賴？

任性妄為？

為甚麼角鴞會這樣認為？

「要是詛咒解開，誰也不用犧牲了不是嗎！」灰林鴞據理力爭，他嘗試解開詛咒，只不過是希望正面解決問題而已，難道這樣有錯？「再說為了鴉族而拐來不相干的人類當祭品，這本來就不公平——」

「容許在下糾正，這個魔界、不，這個世界本來就是弱肉強食、適者生存，唯有擁有相對的力量，才有資格談論公平。」話音未落，角鴞已忍不住微帶慍色反駁。「請陛下先好好正視擅自行動帶來的惡果，才去顧及那些無意義的事。幸好這次只是毀了城堡，萬一那個人類體內的力量受到甚麼影響……」

「力量、力量、力量——你們就只懂關心力量嗎？」這次換成灰林鴞怒惱地打斷他的教訓。為了力量，於是不擇手段把無辜的人類牽連進來，強迫他們貢獻生命，還視為理所當然。為了力量，他便必須困在這個名為城堡的鳥籠裡，時時刻刻被排山倒海的責任和訓練追趕著。

他一直以來也無法理解，為甚麼在他們眼中，這個世上好像甚麼都來不及繼承力量重要？真難得今天角鴞主動提起，要是能順著這次對話得到解釋就更好了。

「當然也有關心陛下的安危，要是認為此做法太嚴苛，困在城堡很難受，陛下真的有了解過外面那片森林嗎？有了解過先祖為了穩固鴞族在魔界的地位而用心良苦嗎？」角鴞有意無意把話說得令人難堪，要他深刻認知自己的渺小，好等他以後別再輕舉妄動。「在下必須告知，還未繼承力量的陛下，只是一隻羽翼還沒長成的雛鳥，離開鳥巢的話，陛下甚至不可能生存。」

一言一語敲打在灰林鴞的內心，他無從反駁，只因他對森林的印象的確只靠著一支望遠鏡而得來。

他頓感自己可笑又可悲，被他們囚禁起來，然後又被嘲笑無知。

「要求陛下獨自留在西翼，原意是希望陛下能好好反省。」勞動了大半天，角鴞以為他已經受到教訓才喚來下僕接替工作，豈料他卻依舊憤憤不平，比以往還要鬧彆扭。「現在看來陛下沒有任何悔改之意，也不願面對自身責任，在下建議陛下繼續在這裡執行整頓工作，順便撲滅那團無意義的王族氣焰。」

只見灰林鴞倔強地撇過頭去不說話，角鴞也沒打算窮追不捨，恭敬欠身，展翅離開。

「角鴞，」灰林鴞毅然叫住了他。「為甚麼我非得繼承魔王之位不可？」

那個站在瓦礫中孤伶落魄的小身影，幾乎隱沒於黑夜之中，怒氣沖沖的灰瞳只遺下一片黯然。

那一瞬間，角鴞感覺到眼前的少年有一絲陌生。

或許有更漂亮的答案，然而角鴞此刻有點失去耐心，只想他盡早接受事實：「因為陛下是鴞族的後裔，是大家所付託的希望。」

鬧劇過後，西翼人去樓空，再次剩下灰林鴞一個。這夜沒有半點星光照耀，凜然壓抑的黑暗籠罩著每寸土地。

為了陛下好、陛下還太弱小、陛下有必須背負的責任——每次他嘗試爭論甚麼、爭取甚麼，角鴞的回覆永遠如一。每次溝通，反讓他更加深陷絕望。

不存在自由，不存在自主的權利，他的翅膀早已扣上名為「魔王」的枷鎖，永遠不能展翅翱翔。

不被允許的事情，不能做。

不被允許的想法，不能想。

不被允許的情感，不能表露。

他的生存意義彷彿只剩下力量、王位、家族名聲，每天睜開眼睛幾乎只有訓練、訓練和訓練。他只能走在早已被安排的道路上，背著眾人的期望一拐一拐地前進，擺出他們期望的姿態，走到他們期望的位置，換來他們期望的成果。

原來，魔王與祭品的處境沒有甚麼不同。

他跟露絲亞一樣，是一頭圈養在籠裡的犧牲品。

他受夠了。

平靜稚氣的表情，憤然變得咬牙切齒。

往日再多的斥訓與誤解他都能一一吞下，那時候他總認為自己沒甚麼需要執著，也沒甚麼需要他主動爭取。如今有點不一樣了，為甚麼非得要把他珍視的事物批評得一文不值？

他的生存彷彿都在回應他人的期待，必須變強、必須學習、必須這必須那，他一直逆來順受那麼久，為甚麼依然惹來不滿？既然他那麼弱小，就讓他們找個強大的魔物去當魔王就好，反正他們需要的是「魔王」而不是「灰林鴞」，他亦不願困在鳥籠裡成為一隻任人擺佈的傀儡。

這個人生，能不能有那麼一次是由他作主？

壓抑已久的情緒炸裂開來，灰林鴞展開雙翼撲進夜空，悄悄回到書房翻箱倒篋。

不是這個、不是這個⋯⋯一卷卷的古舊捲軸在地板上滾轉而開，不同時期的魔界地圖一幅幅展現眼前。各個魔族的領土範圍隨年代變遷而漸大漸小，有些甚至消失不見，唯獨地形多年來依舊如昔。

這片灰林鴞不曾踏足的大地，現正亂七八糟的被他踩在腳下，如此諷刺的情景他卻渾然不知。

「就是這個——」

芸芸亂世之中，他千辛萬苦終於找到想看見的事物。

眼見一幅破破落落的城堡透視圖攤在地上，雖然現在加建又改建了不少，甚至好些建築和通道已經面目全非，不過沒關係⋯⋯該說這樣反而更合他心意。

縱使包圍整座城堡的結界比西翼的還要強大得多，而且結構相當複雜，不過據他這段期間的鑽研所知，所有結界都一定有它的盲點——

灰林鴞要找的，正是身為鳥類魔物的盲點。

深灰雙眸湧現得逞的笑意，他把地圖重新捲好並默唸著咒語，魔法陣閃現過後，他便不著痕跡地潛藏在黑暗之中。

說他任性妄為？好吧，他現在就徹底耍賴一番。

說他不曾見識過那片森林？好吧，他現在就去見識看看。

反正他決定不當魔王了。

※　※　※

與西翼充滿冰雪味道的空氣不同，城堡地牢內瀰漫著一股壓抑的霉味與石礦氣息。

「魔王大人生氣了嗎？」

「角鴞老師生氣了嗎？」

「照夜生氣了嗎？」

露絲亞接二連三拋出問題，她等了好久，最後耳邊仍舊只有一人一鳥的腳步聲，在這條幽暗的石洞走廊回響著。

漆黑的環境裡，照夜手上的蠟燭台是唯一的光明，天花和牆壁的凹凸岩影隨著燭光而恍惚不定，猶如久居在地底的魅影，對兩位陌生客嘖嘖稱奇。

「小執事會被懲罰嗎？」

「照夜會被懲罰嗎？」

「角鴞老師會被懲罰嗎？」

沉默沒多久，露絲亞又再憂心忡忡地提問，然而幼嫩的聲音剛碰在石壁上，隨即又被響亮的腳步聲敲碎了。她小心翼翼抬頭仰望照夜，只見她表情依舊拘謹，默默牽著她的手，筆直前進。

露絲亞知道自己做了不好的事。

每次只要她做錯事、說錯話、或問了不該問的，照夜都會像現在那樣不說話。不是那種生氣得無話可說，也不是難過得難以言喻，露絲亞不懂解釋這種感覺，如果真的要形容……大概是「不打算回應」。

換是平日，她會乖乖噤聲一起收拾殘局，像是把弄髒了的衣服再洗一遍，或是把滿地的麵粉掃抹乾淨，唯獨這次她甚麼都不用做，也甚麼也做不了。她還記得小執事看見角鴞時萬分惶恐的表情，還有照夜一臉為難地遵照角鴞號令的情景。

這一切都是她造成，她卻沒受到任何責備，由始至終都沒有。

「照夜，有甚麼我可以為妳做——乞嚏！」話音未落忽然有股寒氣吹來，害她打了個噴嚏。

照夜也不知是因她的說話還是同樣忽感寒意而慢了腳步，她心事重重似的低下頭來，直到迎上一堵鐵欄。

「我們這陣子會住在這裡。」終於，照夜說話了，簡潔地宣佈她們的暫居地——一個幽暗、牆壁泛著水氣與寒意的石囚室。

照夜取出鑰匙打開鐵閘，來到一處看起來比較乾爽的角落輕輕一摸，指尖便立即沾滿灰塵，她不禁皺起眉頭。這裡很久很久沒打掃了……不過她也能理解，身為鳥類當然喜歡棲身於清爽無垢的天空，自然對充滿泥巴沙石的地牢不屑一顧。

忽然，露絲亞晃了晃她的手。

「照夜，有甚麼我可以為妳做？」一雙天藍色的眼睛誠懇滿滿地望著她，露絲亞一臉認真，將內心的想法坦然告之。「我非常期待為魔王大人奉獻，可是、同時也很希望為照夜和小執事做點事……我很希望自己可以幫上忙。」

只見照夜沉默了一會，最後放下燭台，轉身拾起堆在角落的枯枝打掃。面對露絲亞的率真，照夜只選擇視而不見，她始終不打算告訴露絲亞，身為闖禍者之一的她能夠為大家分擔甚麼——

因為露絲亞不需要這麼做。

她的任務只需要好好活著，然後為魔王大人獻出心臟。

除此之外，都是多餘的、無謂的。

露絲亞知道再三追問下去，照夜不說就是不說，只好跟在後頭為照夜提燈，縱然她一直以來很清楚照夜不需要她的幫助，可是她仍然想這麼做。

最後，她在一個不打擾對方工作的角落屈膝而坐，滴滴咚咚的水聲不知道從哪裡傳來，聽著聽著，她的眼皮愈來愈重。在眼睛即將合上之前，她喃喃地道歉：「照夜，對不起，我說不定是個很貪心的小孩。」

沉穩有致的呼吸微微傳來，折騰了一整天，露絲亞終於抵不住疲累睡著了。照夜溫柔地將自己的披肩蓋到她身上，看著她的睡顏，濃濃的歉疚瞬間充斥內心。

露絲亞從來不用說對不起，真正任性的那位不是她。

她不用那麼乖巧，不用那麼渴望付出，甚至可以再自私一點。

照夜很想這樣告訴露絲亞，遺憾她不能說，她必須隱藏個人想法，避免與露絲亞有太多深入接觸。

照夜的職責是照顧祭品。

不是成為傾訴對象。

更不是知己好友。

露絲亞迷迷糊糊又打了個噴嚏，披肩也隨之滑落，照夜欲要為她再次蓋上，赫然才發現她的手很冰很冰。

西翼變成廢墟，一堆雜事需要立即處理，角鴞大概也想像不到地牢的環境原來這麼惡劣吧？考慮了半晌，照夜趕緊點燃鏽跡斑斑的火盆，毅然離開了石室。

等不及角鴞前來下令補救了，人類似乎受不了終年不見天日的地底寒氣，再這樣下去，露絲亞說不定會著涼感冒。地牢是東西兩翼互通，而通往西翼的秘密出入口正是平日儲藏食材的地下室，要是那裡倖存沒受波及，也許能找回幾張毛氈，或是外套也好。

匆匆忙忙的步伐在地洞淩亂迴響，倏然某種異樣感一閃而過，照夜剎停腳步。

好像還有誰在——她仔細眺望往無盡黑暗伸延的通道，除了晃動的岩影，只有她一個站立其中。

……是錯覺？說不定是鞋子回音令自己多疑了，正因為大家厭惡地底，誰都不願意前來，角鴞才會選擇地牢安置露絲亞，怎可能會有誰在？她撇撇頭勸自己別想有的沒的，還是快去快回比較實在。

可惜，那並不是錯覺。

漸趨漸遠的腳步聲，連同瘦削嬌小的身影淹沒在幽暗之中，灰林鴞這才鬆一口氣，從幽暗中現身。

呼，好險……長時間的潛行非常消耗精神和體力，灰林鴞千辛萬苦終於來到地牢，以為可以稍微休息一會，沒想到會碰見照夜，他險些就敗露行蹤了。

既然照夜在這裡，那不就代表——驚魂稍定，他立即察覺空氣裡混著淡淡柴火味，某個迷糊不清的想法隨之變得無比鮮明。

灰林鴞順著氣味，果然找到了露絲亞的所在位置，然而當他看清眼前的景象，乍驚乍喜的心情頃刻只剩下氣憤與內疚。

只見露絲亞瑟縮在一個骯髒又狹小的囚室裡，有一下沒一下的打瞌睡，原來西翼倒塌後她便困在這個不見天日的地牢，下場比他做勞工還要糟。

他闖禍，罰他一個就好，為甚麼連她也要受到這種對待？

「露絲亞……快醒醒？」

朦朧間，露絲亞聽到有人在呼喚她，可是聲音不像照夜，究竟是誰？她迷迷糊糊睜開眼睛，便看見灰林鴞站在鐵欄前，一臉擔憂地喚著她的名字。

「小執事？你怎麼會在這裡！」看到友人出現，露絲亞睡意全消，興奮地跑到鐵欄前。

怎麼會在這裡——灰林鴞霎時不知道如何回應，難道要對她說，他不當魔王了，正準備離家出走嗎？

「你沒被角鴞老師處罰真是太好了！」沒等對方回應，以為他有閒暇來探望自己，露絲亞釋然微笑。「照夜說我們會暫時住在這裡……啊，照夜呢？」

回神過來，空蕩蕩的囚室只餘下她一人，天藍色的眼瞳環顧四周，最後落回灰林鴞身上，似乎在等待他提供線索。

不知道，不過她應該很快會回來，我也要回去了，再見——灰林鴞大可以丟下這種標準答案，然後繼續執行他的潛逃大計，可是他終究狠不下心。

露絲亞是他的祭品，因他而存在，現在他決定尋找屬於自己的人生及自由，卻任由她繼續面對那些無理的指責嗎？角鴞的狠話及家僕們的鄙夷浮現腦海，不忿的心情立即排山倒海湧來。

魔王跟祭品一樣，被囚在城堡之中，永遠受人擺佈。

「露絲亞。」他毅然將鐵閘魔物化，要它自行解鎖，把閘門打開。「跟我走吧。」

灰林鴞決定了，他要帶露絲亞一起離開。只有他一個逃離實在太自私了，露絲亞是因為他才會來到魔界，決不能留下她一人。

露絲亞猶疑了一下，有點困惑地歪頭：「我們要去哪裡？」

聽罷，原本氣勢如虹的灰林鴞頓時愣住，對啊，該怎麼回答呢？

要告訴她真正計劃嗎？

要告訴她其實我就是魔王嗎？

這個時候，他驀然想起了那隻來不及完成就被摧毀的雪魔王，幾乎是立即，他否決了這個主意。

不行，形象太大落差了，她絕對不相信吧？況且他也不喜歡「魔王和祭品」這種關係，他希望他們可以相處得更對等、更親暱一點，像現在一樣。

可是，如果隱瞞身份，她不知道他是魔王，離開城堡就等於離開她最崇拜的魔王，她也一定不願意啊？

心念一轉，他再次對她撒下謊言：「其實、是魔王叫我來找妳啊，他希望了解西翼為甚麼會倒下來。」

「魔王大人現在很生氣嗎？」

「……是的，他很生氣。」

「只要我好好跟魔王大人解釋，你們就不會被罰了嗎？那我們快去！」原本就為此內疚的露絲亞，終於得到了贖罪機會，顯得萬分雀躍，然而正打算跨出囚室時，她停步了。「我們還是等照夜回來，跟她說一聲才去比較好？」

灰林鴞嚇得急忙阻止：「不可以——呃、是因為照夜已經先去見他了，我們也趕快去吧！」

再拖拖拉拉下去，照夜真的回來可麻煩了，他焦急地匆匆走在前方，沒想到囚室的微弱火光才剛剛褪去，露絲亞又停步了。

「好黑啊……我甚麼都看不見。」漆黑中她眺望，明明灰林鴞近在咫尺，她的目光卻彷彿穿過了他。

灰林鴞這才察覺，原來人類的夜視能力那麼差嗎？

「那麼，牽著我就好。」以往總是被露絲亞拉著到處跑，現在角色互換了，灰林鴞主動捉緊露絲亞的手。

灰林鴞在黑暗中摸索前路，忽然不遠處隱約吹來了新鮮的涼風。果然給他猜對了，新舊地圖對比之下，他如願找出某條被遺忘的廢棄下水道，洞口仍然連接到外面的森林。

嚮往清爽無垢的天空，厭惡充滿泥巴沙石的地牢——這就是身為鳥類魔物，以及城堡結界的盲點，天空守衛森嚴，地底卻百密一疏。

他們步向比地牢裡稍微明亮的洞口，冰雪包裹住植物與土壤的氣息濃郁清新，使灰林鴞更為雀躍。

終於，他向自由邁出了第一步——

「啊——」豈料連洞口外的景色也未及看清，灰林鴞便立即腳踏一空。他下意識張開翅膀，及時在半空穩住身子，輕易解除危機——

「嗚哇！」遺憾跟在後頭的露絲亞重複了剛才的意外。

可怕的離心力直逼心坎，仍是幼鳥的灰林鴞沒辦法負載二人的重量，只能雙雙急墮下去。

他為了展開新生活而逃離城堡，結果新生活才踏出一步就完結了嗎！

碰！咚、咚、咚……

下墜不到幾秒，二人便安全著陸了，洞口外不是甚麼懸崖峭壁，只是一個小斜坡而已。他們狼狽地在斜坡上滾了幾圈，最後卡在草叢中亂成一團，費了好些時間才掙扎開來。

大難不死，二人仍然心有餘悸，躺平在雪與雜草上久久未能回神。柔柔彎曲的草尖、紊亂樹冠的剪影、烏雲堆疊的夜空、涼涼撲臉的微風還有節奏不一的蟲鳴蛙號，一切都實實在在地告訴灰林鴞，這裡就是他不曾踏足的那片森林。

「剛剛我以為自己要死了。」

「我也是呢。」

不知過了多久，也不知誰先開腔誰後附和，他們沉默了一會，無不為剛剛的大驚小怪而捧腹大笑。

笑聲驅散了不安，露絲亞率先坐了起來，立即被眼前的景致迷住了。

受驚的不只灰林鴞與露絲亞，還有數十多隻夜螢蝶。

它們被突如其來的騷動嚇得胡亂紛飛。淡淡的白光細細碎碎地飛舞，原本詭秘的森林此刻添上了點點的明亮與溫馨。

「好美啊……」天藍色的眼睛亮了起來，露絲亞小聲地驚嘆。

雖然有點出師不利，但至少露絲亞看起來很高興嘛……灰林鴞本來仍為剛才的糗事而羞窘不已，看到她陶醉的神情，這時才真正釋懷。

這麼說來，角鴞和照夜都不在，他以後就要與露絲亞單獨相處——正當灰林鴞恍然意識到這點，露絲亞同時興奮的湊近。

「我們快去找魔王大人吧？他在哪裡？」藍眸迎上灰瞳，可愛的笑顏幾乎貼上他的臉。也靠太近了——心臟怦怦躍過不停，連耳根也漸漸通紅，灰林鴞立即靦腆地站起，拉開彼此距離。

怎、怎麼了？平日在西翼也是兩個人在庭園玩啊，現在究竟緊張個甚麼啦！他強迫自己冷靜下來，胡亂隨手一指，便指向常常用望遠鏡眺望的那座山。

「魔王在那裡等我們！」反正他早就想去那邊冒險好久，現在是大好機會！

露絲亞也趕緊站起準備出發，她拍拍身上的雪粉，驀然疑惑：「我突然想到啊，這裡好像不是城堡裡了？」

悸動不已的心臟赫然跳漏了一拍，灰林鴞支吾了一下才想到要怎麼回應：「呃……這裡仍然是鴞族的領土，所以沒問題。」

聽罷，露絲亞毫不懷疑點點頭，任由灰林鴞牽著走。見她全心全意相信著自己，灰林鴞高興之餘又滿腹矛盾。那麼單純好拐的祭品真的沒問題嗎？只能慶幸拐她的人恰好是魔王？

也罷，別想太多了，反正這些已經跟他們毫無關係。

烏雲遮蔽了明月，只有夜螢蝶的光軌為雛鳥們指引前路。回望快要隱沒在叢林中的古舊洞口，直到此刻灰林鴞才有實感，他真的要帶著這女孩，永遠離開那個鳥籠。

※　※　※

從望遠鏡窺探而來的森林，跟置身其中的森林有著天壤之別。

眼見腳邊一顆透著綠光的大蘑菇，露絲亞忍不住伸手戳戳，它便逗趣地自轉一圈，噴出閃爍不定的粉末，隨同淡淡的香味在空氣中飄揚。

陶醉了一會，露絲亞才回神過來高興地匯報：「快看快看，這個好有趣！」

同樣大開眼界的灰林鴞點點頭表示認同，雖然他曾經在植物圖鑑見過，可是這還是頭一回親眼看到。

不只這個大蘑菇，放眼所見，筆直的杉樹群剪影配上厚厚的積雪，森林各處零星泛著夜紫、夜藍、夜綠等淡淡光芒，這裡原來有很多微微發亮的動植物，悄悄把灰暗的晚上渲染成五光十色。

不一樣——這個世界跟他在望遠鏡觀察到的不一樣！

灰林鴞忍不住嘖嘖稱奇，他所認知的森林總是一片蒼白或陰沉，橘黃的夕陽是唯一的色彩，沒想到走進其中，森林是那麼斑斕奪目。

一隻小小的不知名白色魔物，如金魚一樣在半空緩緩浮游，好奇心滿滿的露絲亞伸手輕輕一碰，那生物便白裡透紅害羞地游開。

如果沒有逃出來，他是不是這輩子也無法得知這麼夢幻的景致了？

露絲亞心滿意足地目送游遠了的小魔物，恍然才想起他倆來到森林的目的：「你說啊，我們還有多久才找到魔王大人呢？」

「呃、我去確定一下！」被她這麼一問，灰林鴞這才猛然回神過來。

他慌忙展開雙翼，沿著一棵高大的杉樹飛上高空，茂密的樹冠遮擋了地上的繽紛，森林又回復到他最熟悉的格調。

咦——走了那麼久，為甚麼那座山仍然遙不可及啊？不過想想也對，一路上他們走走停停，邊玩邊前進，當然沒有移動多少。

他躲在樹枝間張望四周，不遠處的城堡幽幽地傳來燈光，看起來很平靜，大概是還沒有發現他離家出走了吧？又或是，說不定他已經被放棄了，這麼不稱職的小孩……不知該慶幸還是該失落，百感交集的灰林鴞返回了地面。

「還有一段路要走啊，會不會累？要不要休息一下？」雖然露絲亞看起來精神奕奕，可是記憶中他們的作息時間是顛倒過來，說不定她已經很睏了。「對了，剛剛下來時我順手抓了隻松鼠，一起吃吧？」

他把還在掙扎哭叫的松鼠遞出，以為露絲亞會很高興，豈料她為難地拒絕：「你吃就好，照夜說我吃這些會肚子痛。」

原來除了作息時間，人類跟魔物的飲食習慣也不同嗎？聽見她不吃，灰林鴞也沒甚麼食慾了，只好放那隻無辜的松鼠離開，四肢一著地牠便飛奔而逃。

「不吃東西真的沒關係嗎？」

「沒關係，我還撐得住！」露絲亞堅定撇撇頭，然後歡天喜地拉他來到泛著粉色光芒的花叢前。「待找到魔王大人之後，我可以帶這些花回城堡嗎？」

對啊，她還以為會回去呢……滿懷鬱結，灰林鴞忍不住出言糾正：「那不是城堡，是一個囚禁著妳和我的鳥籠。」

那是一個鳥籠，他就是娛樂來賓的那隻鳥，而她則是那隻鳥的食糧。

「鳥籠嗎……可是我覺得城堡是個好地方啊？」話畢，露絲亞附上一抹甜笑。「因為那裡有魔王大人，有照夜，最近還有你。」

她的答案充滿無知，卻又單純得很。

因為有喜歡的人在，所以她喜歡那裡。

所以，城堡真的有他所想那麼糟嗎——漂亮的雪景與不一樣的回應稍微平息了惱怒和衝動，灰林鴞也不禁反問自己。

的確，他不能說自己不幸福。

大伙兒總是奉上最好的，一切衣食無憂、備受呵護，可是那個資源不缺的環境裡，對他而言實確欠了甚麼。

當他想得入神，忽然露絲亞拉住了他的手。

「你不開心嗎？」她擔憂地望進那雙灰眸，努力嘗試理解他的心情。「每次你不開心，都會呆呆的啊。」

你不開心嗎——聽罷灰林鴞才驚覺，這條問題誰也沒有問過，甚至他也不曾好好表達過。

告訴她，她會好好聆聽嗎？

灰林鴞微微垂頭，便見露絲亞一直握住他的手，由始至終沒有放開。對啊，在西翼的時候她也曾這樣默默待在身旁，接納他的軟弱。

如果是露絲亞的話……

「啊。」正當灰林鴞鼓起勇氣向露絲亞傾訴之際，她驀然輕呼了一聲。

只見天藍眼瞳的焦點落在他身後，露絲亞彷如遇見了最渴望的事物，笑得好甜好甜。

灰林鴞不解地回眸，耳畔的風聲與蟲鳴頃刻杳然無蹤。

一隻高大猙獰的白色魔物，不知何時靜靜站在數棵杉樹的距離，雙目圓瞪盯著他倆。長有獠牙、長有尖角，簡直就像牛和獵豹的混合體——

「是魔王大人！」

灰林鴞惶恐得臉色刹白，露絲亞卻高興得雙頰緋紅，更主動拉著他往魔物跑去。

不、它才不是——

雪地印上了兩步鞋印，知道真相的灰林鴞這才瞬間回神，刹停並猛扯她回來。金髮在黑夜中飄逸，橫掃而來的利爪狠狠削走了幾根，他扯得太用力害二人狼狽地撲倒地上，卻僥倖避開了突如其來的攻擊。

「它不是魔王，這隻是假貨！」

沒等露絲亞回神，灰林鴞拉著她拚命逃跑。待這句話敲進她腦袋並解讀完成時，他們已躲在一塊大石後喘息了。

「甚麼？」可是、這明明跟他們堆砌的模樣很像……

「不管真正的魔王長甚麼樣子，都不可能是雪造的吧？」霎時間灰林鴞不知道要從何解釋，而且也沒有那個閒暇，只好把最顯而易見的破綻說出來。

露絲亞恍然大悟──對啊，魔王是鴞族是鳥類，才不會是那隻追在後頭由雪組成的魔物。

那不是魔王，只是隻雪怪而已。

她醒覺了，行動緩慢的雪怪也同時融化到雪地裡。然後，它悄悄攀附到他倆躲藏的大石上再次凝結，居高臨下伸出了冰爪。

周遭的光暈映出了它的影子，這次換成露絲亞早一步發現，兩個孩子在雪地上滾了幾圈，再一次僥倖躲過攻擊。

可惡，這樣不就整片雪地都是它的掩護色嗎！灰林鴞見識到雪怪不著痕跡的移動方法不禁暗暗叫苦。

「抓緊了！」灰林鴞張開雙翼，試圖拉著露絲亞起飛，現在大概只能飛到半空才能安全逃脫吧？再怎麼勉強也得嘗試！

遺憾森林並不是寬敞的書房。

他只顧偷瞄後方的動靜，卻沒注意到周遭環境，用力拍打翅膀的一剎，樹枝竄進了灰色的羽翼，劃開了一道鮮紅的傷疤。

劇痛閃現而至，逼使灰林鴞失去平衡也不自覺鬆開手，他與露絲亞就這樣在半空中分離。

「快逃——快逃啊——」灰林鴞卡在樹幹上，一時間無法脫身，只能向趴在地上的露絲亞大吼。

露絲亞當然也知道要逃，可是她站不起來——落地時她的額角不慎撞上樹根，立時滿天星斗不知身在何方。

快要逃脫的獵物又再雙雙墮回面前，二選一，雪怪果斷選了距離比較近，看起來又比較弱小的露絲亞。

融化、凝固，雪怪轉眼而至。

可惡、可惡……這個距離根本趕不及過去，他就只能眼睜睜看著悲劇發生嗎——

——請陛下運用所有能力，打敗這隻魔物。

無能為力的一剎，角鴞刻板的聲調驀然在腦海響起。

映在書房一隅的夕陽、靜謐而焗促的空氣、冷淡又嚴肅的眼梢，日復日刻劃在體內的記憶混亂湧至，瞬間取替了思想，驅使灰林鴞有所行動。

他隨手捏一把樹枝上的積雪狠狠丟出，卻只恰恰打中雪怪的腳邊，這種不痛不癢的攻擊完全沒有阻延效果。

雪怪大掌一揮，下一秒就要劃開露絲亞的頸子。

出乎意料，冰爪就止在這一秒。

千鈞一髮間，雪球魔化成寄生蟲，鑽進了雪怪的腳踝，厚實的冰層迅速漫延，困住了虛散的雪造身軀，僵住了它所有動作。

冰爪停在露絲亞的咽喉上，鳥爪卻貫穿了雪魔的心臟。

嗚、好沉重……從來沒有接觸過如此大型又兇惡的魔物，雪怪的力量順著鳥爪湧進體內，灰林鴞頓感胸膛有種衝擊快要爆發開來了。可是不行，現在退縮的話，萬一有更厲害的魔物出現，他們可不會再那麼幸運吧？

——陛下真的有了解過外面那片森林嗎？離開鳥巢陛下就只是一隻不可能存活的雛鳥。

當時氣在心頭，角鴞的說話灰林鴞根本聽不進耳，現在卻如針一樣扎進心臟。他不忿得咬牙切齒，卻又只能咬緊牙關繼續「奪取」，貪婪地把所有力量全部搶過來，直到雪魔徹底崩解成雪粉，隨風飛散到森林深處。

現在他的確需要力量——

「你還好嗎？」溫柔的慰問取代了回憶中的爭執，灰林鴞回望，便見露絲亞已經坐了起來，正一臉擔憂地看著他。

「我才要說，妳沒事吧？」灰林鴞伸出手想要拉她站起，她的目光卻變得充滿好奇。怎麼了？灰林鴞也隨之低頭一望，啊——不好，右手還是獸化狀態！

「這、很可怕吧？對不起——」到底搞甚麼啊，為甚麼變不回去！他欲要把利爪恢復原狀，豈料胸口沉實又疼痛，害他沒辦法操縱自如。

她會害怕嗎？

不敢再靠近了嗎？

這麼殘忍地殺死魔物，她一定嚇壞了吧？

之前他極力隱藏的一面，如今前功盡廢了！就在灰林鴞方寸大亂，一雙小手輕輕放在他的爪上。

「才不可怕，你用這隻爪保護了我不是嗎？」露絲亞沒有如他所想般萬分唾棄，還主動牽住了他的爪。「我們趕緊出發吧，不然照夜會擔心、嗚……」

話音未落，正要站起的露絲亞一聲痛呼，又再跌坐回雪地，捂住了腳踝。灰林鴞見狀立即蹲下來，手忙腳亂替她脫下靴子，看罷他內心馬上沉甸甸——她的腳踝紅腫發紫得很厲害，可能是摔下來時扭到了。

是他害的。

「不好了，我還能走到那座山嗎？」

不，其實根本不用去……可是聲音卡在喉嚨裡，他始終不敢回應露絲亞的擔憂。

還要瞞騙到甚麼時候？

不如就現在跟她坦白吧？

猶疑不決地凝望露絲亞半晌，灰林鴞才發現她有一縷金髮染成紅色了，他伸手想要抹走她額角上的血跡，豈料輕輕一碰她已忍不住抽痛。

該不會……灰林鴞順勢撥開長髮，藏在後頭的額角原來早就慘不忍睹，或許是天氣太冷，又或是皮膚下的腫包同樣疼痛，連她自己也沒察覺這個傷口。

「……都是我害的。」脱口而出的內心話，沙啞又苦澀。

察覺到灰林鴞的洩氣，露絲亞趕忙安慰：「才不是呢！沒有小執事的話可能我已經死了，所以非常、非常、非常謝謝你！」

一句感謝，他混亂的思緒瞬間平靜了，唯獨不到半刻又再度翻騰不定。他忽然間不知道要擺出甚麼表情，到底要高興還是該愧疚？

究竟他在做甚麼蠢事了？

俯視白雪上的紫紅腳踝，一直倔強行事的灰林鴞終於認清現實，原本沉實的胸口變得更沉實，彷彿沒有多餘空間匿藏他的心事。

「保護甚麼的……才不是啊。」他喃喃自嘲，根本一開始不帶她離開城堡就沒事了，這樣還算是保護嗎？

才不過半晚，他們就弄得可憐兮兮，究竟他在做甚麼蠢事了？

千辛萬苦偷跑出來，然後漫無目的、毫無計劃地亂逛，把自己和露絲亞暴露在危險之中，究竟有甚麼意義了？

他決定放棄一切跑出來，現在到底又得到了甚麼？

這不就跟角鴞所說的一樣嗎？

西翼爭執的情景再一次劃過心坎，驀然視線就變得模糊了，任憑灰林鴞低下頭咬緊牙關，豆大的淚珠依然不受控制地掉落。

「你怎麼哭了——傷口很痛嗎？」沒想到眼前的男孩忽然哭起來，露絲亞立即方寸大亂，應該要先包紮？還是先替他抹眼淚？

「……我只是覺得，在那裡好孤獨而已。」沒由來的一句害她默想了良久，才意會到灰林鴞正在接續前陣子的話題。

不是傷口痛，不是不開心，不是不幸福，而是很孤獨。

城堡裡，所有魔物對他恭恭敬敬，將他捧得高高在上，仰望那個尊貴又崇高的魔王剪影。然而罩在這個巨大陰影背後，那隻幼小的灰林鴞、他真正的感受，卻從來沒有任何人重視。

由懂事起便獨自背負著整個族群的期望與命運，太多太多的不解、太多太多的不安，卻從來無人可以分擔和傾訴。

壓迫到最後，他選擇逃離。

他是魔王。

他擁有魔界的一切。

可是，他很孤獨。

甚麼正面解決詛咒、甚麼帶露絲亞尋找自由都是假的，說穿了他只是在鬧脾氣、耍小性子，把自己的鬧劇正當化的藉口而已。他才沒有想得那麼長遠，他純粹不想失去唯一對他溫柔，將他看待成灰林鴞而不是魔王的朋友。

角鴞說得對，他的確在逃避，依賴毫無保留地接納自己的露絲亞，依賴她的溫柔來放膽做盡極為任性的事情。

即使謊言愈來愈大，他依然不想透露真相，現在他終於理解，他在利用她的無知，來填補自己的空虛而已。

天真無知、任性妄為、不顧後果。

可是到底要怎麼做，才能得到溫暖呢——

「那麼，我陪著你直到成年禮好不好？」

煩躁戛然而止，他抬頭便迎上那雙真誠以待的藍眼睛。認真的目光努力地告訴他，這不是情急之下的安慰，而是她慎重思考過，並真心渴望這樣做。

「謝謝你願意告訴我。」露絲亞溫柔地輕撫他淺灰混銀的短髮。「以後我們再也不是孤獨一人了。」

以後不用再孤獨一人了——明明這是他困惑已久的心事，為甚麼她輕輕一句，忽然就煙消雲散了？終於得到憧憬中的關懷，灰林鴞卻只感到更加苦澀，眼淚掉得更凶狠。

「……即使有天我會像殺死雪怪一樣刺穿妳的心臟，妳也願意伴在我身邊嗎？」

「甚麼？」露絲亞怔住了，為甚麼總覺得愈來愈難跟上他的話題？

如果某天謊言戳破了，她還會這麼說嗎？

露絲亞只是不知道鴞族的可惡，不知道他是魔王，不知道某天這雙利爪很可能會伸向自己，才會如此信任他，對他溫柔。

諷刺的是，即使如此他還是渴望得到她的信任。

灰林鴞深深呼吸，終於下定決心吐出真相：「其實我就是魔王啊——」

露絲亞雙眼圓瞪，可惜雪怪並沒有給予她回應的機會。

只見大大小小一連五至六隻雪怪在筆直的杉樹間縫中朦朧現身，融化、凝固，一直從森林遠處迫近和包圍他們所在的位置。

「可惡……」現在不是說話的時候，要趕快解決他們才行！

灰林鴞重施故技，隨手搓了一顆雪球拋出去——然而雪球並沒有魔物化，就這樣普通至極地落回雪地上一動不動。

這、怎麼回事？他難以置信地看著雙手，明明奪取了那麼多力量，為甚麼會用不上？

更殘酷的是，雪怪才不會等待他搞清楚原因，萬事俱備後才進攻，他們一閃一現愈來愈貼近了。

再來一次——灰林鴞催迫自己使出力量，雪球丟出的剎那，牽扯了胸口的沉實感，在心臟躍動的一刻轉化成劇痛。

一陣暈厥，灰林鴞重重倒在露絲亞懷內，原本該遠飛的雪球也只撞在旁邊的樹幹，化成了不堪一擊的雪兔跑走了。

胸口、好難受，為甚麼會這樣……難道是力量還沒有好好融合體內？

是因為平日練習不足嗎？

「你怎麼了？還好嗎？」不好，他發熱了！懷中的男孩神色痛苦大口喘氣，露絲亞抹抹灰林鴞額上的汗珠，赫然才發現他整個人滾燙不已。

她沒辦法像灰林鴞一樣戰鬥，這樣的話就只剩下逃了吧？露絲亞咬緊牙關，忍著腳踝的疼痛撐起他的身子，遺憾沒走兩步二人便狼狽地倒在雪裡。

凜冽的冰雪稍微替灰林鴞降溫，他回神過來，迷糊不清的視野中便見雪怪們已經近在咫尺。

逃不了也打不過，現在該怎麼辦才好？

「唸咒吧？」

倏然，露絲亞的大膽建議在風雪中貫進耳內。

「我們早陣子不是令西翼倒下來嗎？就唸那個咒語吧！」

如果他現在有辦法好好操縱力量，這還真是個絕好提議啊——如今唸咒後萬一沒效果，他們再也沒機會逃了。

不對，本來就已經無處可逃吧？

想罷，灰林鴞抓緊露絲亞的手，原本他仍然幾分猶疑，可是望進那雙堅定的藍眸，他立即撇撇頭要自己集中精神，合上眼睛喃喃唸起詛咒來。

拜託這次一定要成功——

淨白的雪土，烏黑的樹幹，兩個小孩躺在廣闊無邊的雪林裡把性命交予對方。一道道由光芒組成的咒文，終於在他們期盼中浮現，唯獨胸口那股傾瀉不止的失控感覺，叫灰林鴞非常不安——

這次咒文沒有如柔軟的絲帶攀附露絲亞，而是狠狠勒住了她。

淡淡光芒猛然燻成紫黑，咒文蝕進肌膚烙成了瘀痕，他們還沒反應過來，露絲亞的手臂就在眼前咯咯幾聲折斷變形。

全然不是過往的效果，灰林鴞嚇得趕緊放開手，然而力量也剛好在此時反彈開去。

不再與露絲亞相牽，那股強大的力量頓時直接撞在他身上。

被迫離她身旁的瞬間，森林寂靜了，準備紛飛的雪花和枯枝都在半空中停頓。

他看見露絲亞竭力想要拉他回來。

可惜注定相距了那一點點距離。

「不要——」

世界伴隨著她一聲尖叫重新運作，西翼的畫面重演，以露絲亞為中心，大片森林翻天覆地，積雪反撲夜空，樹木連根拔起。發光的植物、意圖不軌的雪怪們連同灰林鴞，也被這個沖擊撞飛到遠處。

「嗚……」他數不清自己撞到了多少棵樹才停下來，只知全身劇痛不已。

不能留露絲亞一個在森林，他要趕快回去！

折翼了、手臂脫臼了、有幾條肋骨好像也斷了，大腿被粗樹枝刺穿，更要命的是那一下唸咒竟然花光他所有力氣。

鮮血將白雪渲染成殷紅，灰林鴞奮力爬起。

抬頭卻遇見了雙頭蜈蚣。

這頭雙頭蜈蚣體形比在書房訓練時的還要大兩倍，正在他面前張牙舞爪，彷佛把家園遭摧殘的責任歸咎於他。

灰林鴞知道要如何對付。

可惜他沒氣力挪動了。

和訓練時的情況徹底反過來了，他成了獵物，蜈蚣成了獵人。如鐮刀的嘴巴開開合合，灰林鴞只能在絕望中顫慄。

腦海眾多記憶亂竄閃現，唯獨只有角鴞那番說話，此刻變得最為深刻鮮明：這個魔界、不，這個世界本來就是弱肉強食，適者生存，唯有擁有力量——

鐮刀張開，雙頭蜈蚣猛然撲來。

死神將要降臨之際，一隻不知哪來的獵鷹快了半秒登場，狠狠將蜈蚣撞開。鳥與蟲極速離開視線範圍，角鴞的身影便在不遠處呈現眼前，只見他施法的手勢還沒收回，顯然那隻鷹是他召而來。

得、得救了……他是因為剛剛的沖擊才找到這裡來嗎？看清來者，一直綳緊不已的灰林鴞鬆了一大口氣。

不過，是他看錯了嗎？向來從容不迫的角鴞此刻看來有點氣急敗壞。

「在下遲來營救，望陛下原諒。」焦慮的神情不消片刻便已不著痕跡，角鴞一如以往恭敬行禮。

他是在擔憂嗎？還是在嘲諷？

這個時候，照夜也橫抱著露絲亞，降落到角鴞身旁。看著懷中身受重傷的小女生，照夜趕緊替她檢查傷勢。

露絲亞乏力地張開眼睛，兩個狀甚狼狽的小孩目光便對上了，看到對方仍然活著，傷勢再怎麼疼痛也忍不住面露喜悅。

「離家出走好玩嗎？鬧夠了沒？」沒等兩個大難不死的孩子互相關心，角鴞立即終止了這份重逢的感人氛圍。

沉重的歉疚壓碎了喜悅與慶幸，深知自己闖下大禍的灰林鴞只能低頭不語。

「角鴞老師，請不要、責備……」

對真相毫不知情的露絲亞搶著維護，角鴞沒出言喝止，只一手捏住她那條斷開了三節的手臂，她登時發不出聲音來。

「別囂張了人類，妳憑甚麼資格介入鴞族的對話。」角鴞毫不憐惜，沒打算治療她之餘還肆意扭動著她的斷骨。「別忘了，即使把妳的手腳扭斷，只要妳還活著，依然是一個完美的祭品。」

「放開她——」她已經受了很多無謂的苦，不要再折磨她了！眼見露絲亞痛得臉色刹白，原本想要示弱的灰林鴞立即沉不住氣怒吼。

「啊，好棒的表情，很憤怒對吧？」看著他即使傷痕累累仍然一臉氣焰，角鴞立即更為火大。「不過恕在下提醒，陛下該恨的不是誰，而是陛下自己。」

「陛下……」

聽見露絲亞小聲地複述，照夜為難地撇過頭去。

所以這個常和她玩樂，跟她細訴心事的男孩，原來真的不是小執事，而是她天天夜夜都在憧憬的魔王大人嗎？露絲亞想要再三確認，可是眼睛愈來愈模糊了，她最終敵不過濃濃的疲倦與劇痛，昏厥過去。

「你沒必要這樣對她，來教訓我一個就好——」灰林鴞好不容易站起來，豈料話音未落，爪風已至，他只如一具娃娃被搧落地上。

他疼痛中混雜著震驚，角鴞放棄了以往的言語勸戒，首次出手教訓他。

「在下遵命，但很遺憾告知——」沒有就此罷休，角鴞彷彿懶得再抑壓內心的怒火，用力踐踏灰林鴞的羽翼。他非常費解，為甚麼這個孩子總是如此任性不聽勸，非得接連闖禍不可？

「如果當初陛下有認真練習，早就能在她呼痛前阻止；如果當初陛下有認真上課，也應該知道接回骨折的魔法。

怎樣？無能為力的感覺是不是很差勁？有沒有很後悔以前都在虛耗光陰？

魔族之王，現在終於理解自己有多無能弱小了嗎？」

這是一個沒有星光的黑夜，烏雲與樹冠一層一層壓迫地面，直到他痛得失去意識的前一刻，角鴞的斥訓言猶在耳。

陛下有很多東西要承擔。

陛下有很多東西要背負。

從出生的那天起陛下注定不會有自由，除非夠強大，強大得足以令所有事物都可在陛下掌握之中。

無論陛下有多不情願，還得要成為魔王。

因為陛下是鴞族的子孫，是鴞族在魔界立足的支柱。

※　※　※

瀰漫在鼻腔內的空氣，稍微乾燥而溫暖。

灰林鴞悠悠張開眼睛，如陰霾一樣籠罩大地的黑夜始不復見，取而代之的是熟悉的紗帳，他棲身的也不再是寒冷雪地，而是軟綿舒適的大床。

這裡是他的睡房。

終究還是回來了，這個屬於他、保護他又囚禁他的堡壘。

夕陽的柔光隔著窗戶灑進來，寢室無比恬靜。與前一刻的記憶實在太大落差，灰林鴞坐起來呆望窗戶好久好久，才回神發現自己傷勢已經痊癒了，別說疼痛，身上連半條繃帶也沒有。

也太安靜了，這裡誰都不在嗎——他欲想離開房間到走廊看看，豈料一個步伐踉蹌，整個人就從床舖掉下來了。

「嗚哇……」

碰、咚、咚——

房門就在此時打開了，只見照夜神色緊張地跑進來，看到他狼狽不堪的模樣，趕忙想要上前攙扶。

「不、我沒事，不用幫忙了！」灰林鴞連忙拒絕，照夜確定他真的無恙，也只好在原地向他行禮。「身體變得好遲鈍……我到底睡了多久？」

「陛下已經睡了三天。」

也難怪連簡單的動作都做不好啊……他有點艱辛地站起，恍然才察覺異樣：「妳怎麼在這裡，露絲亞她還好嗎？」

「角鴞閣下並不希望事件外揚，因此只派小的來照料陛下。」說罷，照夜遲疑了一下才繼續回答。「露絲亞還在養傷，目前不適合探望。」

這樣啊……他還打算立即去找露絲亞道歉呢，不過沒關係，知道她沒事實在太好了，待她恢復精神再去也不遲。

「所以這段時間都是妳在照顧我和露絲亞嗎？」兩邊跑一定相當吃力了吧？愧疚感又再攀上灰林鴞內心。「辛苦妳了……還有，對不起。」

「這是小的職責，陛下不必道歉。」照夜向他欠身，正打算轉身離開，又被叫住了。

「……角鴞他，還在生氣嗎？」

照夜不語，憑她的反應，角鴞大概是還在生氣吧……

「那麼，我何時開始上課，還有處理事務和訓練──」

「角鴞閣下曾交待，他會再作打算。」

「是嗎……」

看著緩緩關上的房門和空蕩蕩的房間，灰林鴞若有所思，總覺得好像有哪裡怪怪的，可是他說不上來。然而不久之後，他隱約察覺到怎麼回事了。

灰林鴞睡了三天，醒來後半個月，角鴞也不曾出現。

沒有來探望，也沒有告知下次上課時間，彷彿徹底順他意思，不再強迫他受訓。

灰林鴞也曾想要主動去找角鴞，可是碰面後該說甚麼？道歉？怒不可遏的角鴞會輕易接受嗎？更何況現在平靜無壓力的生活，不正正就是他自己要求的嗎？

算了，這也挺好吧？甚麼責任和重擔都不在身上，再沒有人要求他做這做那——為甚麼這種日子沒有他想像中般輕鬆？

百無聊賴，灰林鴞開始在城堡到處亂逛，難道這裡就沒有需要他的地方嗎？正當洩氣的想法浮現腦海，他不知不覺間來到西翼。就如半個月前一樣，雖然家僕們日以繼夜整頓了不少範圍，可惜依舊一片廢墟。

不對，這裡絕對有他能夠做的事才對——把心一橫，他衝進群眾裡去，無視大伙兒的錯愕，他開始動手搬動石頭。

「各位免禮了，一起工作吧。」

「可是、要陛下做這種苦差……」

「請讓我幫忙，該說本來我就該負責，多多指教了。」

接下來的半個月，以往高高在上的灰林鴞一直待在西翼不辭勞苦地工作，不論哪個崗位都默默接下，縱使家僕們不知道原因，卻也能微妙地感受到他的變化。

「感覺陛下好像有點不同。」

「好像比以往積極了？」

「我們的魔王比以前更懂事了啊……」

沒聽見奴僕們的竊竊私語，灰林鴞吃力地搬開一塊大石，一本滿佈灰塵的畫冊便呈現眼前。他不自覺拾起抹抹其上的灰塵並打開，原來全都是露絲亞的傑作。唔、一如以往地糟啊……凌亂的線條和色塊，讓他依稀分辨出她畫出了照夜、灰林鴞、還有想像中的魔王。

看著那隻猙獰的魔王，灰林鴞有點如夢初醒，原來已經有一個月沒見面了，怎麼那次離家出走好像昨夜發生似的？

不知道露絲亞恢復精神了沒？他很想知道露絲亞的近況，可是一直沒碰見過照夜，自從他醒來以後，照夜便不再前來照顧他。

角鴞、照夜、露絲亞，明明住在同一座城堡，為甚麼他想見的人都彷彿遠在天邊，沒辦法而碰面？

「啊啊，這是西翼的雜物吧？」一名奴僕湊近，遙指著某個堆滿雜物的角落。「陛下放在那邊就好，聽說今天照夜好像會過來……哎呀，說到就到了。」

奴僕不經意的交代恰好點中了灰林鴞的心事，只見一個瘦弱嬌小的身影獨自在破破落落的雜物堆中打點，他不禁喜出望外。

「照夜！」灰林鴞連跑帶飛的趕過去，把剛拾到的畫冊交給她。「露絲亞她現在如何了？我可以去見她了嗎？」

「……露絲亞還在養傷，不適合探訪。」照夜恭敬地接過，這次灰林鴞終於聽出了她的遲疑。

難道說，這只是藉口而已？

不過想想也對，他的確做得太過份了，不讓他們碰面也是理所當然。

「我只是、希望親口對她道歉而已，難道連這樣也不允許嗎？」

很多事情，他都想跟露絲亞說對不起。

瞞騙身份的事。

拐她離家出走的事。

害她受傷的事。

還有，成為祭品的事。

「小的並無半句虛言。」

「那樣根本說不通吧？我也痊癒一個月了，怎麼她還沒好？」

「陛下傷癒迅速，是因為角鴞閣下使用治癒魔法……」面對他的逼問，照夜不自覺多言了，趕忙噤聲。

「還沒痊癒，總之還沒痊癒是吧？」不管再怎麼說，照夜就是堅持，灰林鴞也放棄與她爭辯。「我明白了。」

照夜未及回應甚麼，灰林鴞已轉身離開，將她遺落一隅。只見他跟重建西翼的家僕們交代幾句，便乘風飛往那間位於高處的書房。

看著橘色天空中的微小身影，照夜有預感，沒多久他倆很快又會再見面。而她的預感的確成真了，幾天之後，她便看到灰林鴞坐在通往地牢秘道的走廊，還帶上一堆治癒魔法的書籍。

灰林鴞沒有訝異她的出現，就像特意堵截她一樣。

「如果只是還沒痊癒，這幾天我已經好好學習過治癒魔法，請讓我去見她吧。」灰林鴞的神情看起來很疲累，似乎幾天以來都沒有好好休息似的。「我知道這樣會令妳很為難，但是……求妳了。」

往日在庭園中那位帶點嬌蠻的孩子，今天看來非常落魄。

是的，照夜非常為難。

為難在於灰林鴞早已猜出露絲亞仍被安置在地牢，他大可以像當晚一樣直接闖進去見露絲亞——可是他沒有這麼做。

他收起了過往的衝動和氣焰，低下頭來，誠意滿滿地前來央求。

然而不對的事，終究還是不對。

早說過了，獵人要跟獵物成為朋友，這玩笑的傷害也太大了，不要碰面，對彼此也好——

灰林鴞一直低頭盯著走廊的階磚，不敢猜想照夜此刻的表情。過了好久好久，便聽見照夜的腳步聲繞他而過，一步一步踩碎了他微小的希望。

果然還是不行嗎？

不論他如何努力，如何微小的願望也不被允許嗎——

「小的遵命。」

聞言，灰林鴞乍驚乍喜抬頭，才發現照夜恭敬地為他打開秘道的入口。

不對的事，終究還是不對——可是照夜不敢想像現在自信心低落的灰林鴞，再受打擊的話會變得如何。她相信孩子想要承擔過失就讓他去承擔吧，一味兒袒護，他不會有所成長。

「謝謝妳！」灰林鴞連聲道謝，飛快跑往地牢。

他跟露絲亞，一個月沒見面了。

期待的心情蓋過了愧疚，這段日子以來心臟從未如現在般跳躍得如此澎湃。雖然還不知道露絲亞會如何看待自己，可是憶及那張常常甜笑的臉龐，還有那抹總是活蹦亂跳的身影，他的嘴角也不自覺上揚了。

真想趕快看見她啊——

灰林鴞滿懷希冀，映入眼簾的卻是躺在床上，渾身繃帶和瘀痕的露絲亞。

彷彿有甚麼崩塌了一樣，在腦內洞然巨響。

「啊，小執……不，是魔王大人才對！」眼角餘光看到黑影，露絲亞稍稍挪動頭顱，看清來者後頃刻眼前一亮。

她興奮得想要坐起來，灰林鴞卻嚇得立即上前按住她：「不、妳不要亂動，這樣躺著就好！」

虛弱的露絲亞敵不過他的氣力，只好順他意思躺回去，並笑著道歉：「我有好好跟照夜學習敬禮啊，可是現在、沒辦法呢，對不起。」

「妳從來都不用說對不起……至少不用對我說。」要說對不起的人才不是她啊……

她應該很痛才對吧？

骨折、瘀傷和凍傷統統沒有復元，為甚麼她仍然笑得那麼燦爛，甚至半點責怪他的意思都沒有？

灰林鴞不自覺緊握拳頭，深深痛恨著自己的天真和任性。

在真正望見她之前，灰林鴞在心底依然認為時隔一個月，再嚴重的傷都已痊癒得差不多，所謂養傷多半只是個不希望他們相見的藉口而已。

沒想到照夜的實話原來如此真實，甚至真實得令人心痛。

「說不定會有點癢，妳忍耐一下。」灰林鴞毅然拆開她臂上的繃帶，伸手輕蓋著慘不忍睹的折斷處施法。

他原本只抱著有備無患的心態學習治癒術，不料現在還真的派上用場，唯獨他只治好了一處骨折，就已經辛苦得大汗淋漓。今天就只能這樣了，她傷太重，看來只能每天逐少處理。

「啊啊……忽然沒那麼痛了？」看著柔和白光映過的皮膚，紫黑的瘀痕漸漸褪色，露絲亞一臉嘖嘖稱奇。

「為甚麼他們只治療我，卻偏偏把妳擱在一旁？」難道又是因為人類很可惡那些無稽的偏見？可是至少照夜也會爭取照顧她吧？

露絲亞眼睛轉了幾圈，悠悠記起了甚麼：「我迷迷糊糊有聽到角鴞老師和照夜在聊天，好像說萬一出了甚麼岔子，影響魔王大人就不好了。」

原來是擔心施魔法會影響露絲亞體內的力量，所以沒有人敢用魔法療傷——原來是因為他。

所有事情，都因為他。

「對不起……真的，很對不起。」鼻子一酸，灰林鴞趕緊低下頭來，嘗試用深灰的頭髮掩飾過度濕潤的眼睛。

「沒關係啊，魔王大人不用放在心上，傷口有給照夜做處理，瘀傷早晚也會褪的。」露絲亞沒意會過來，只以為他在說受傷的事。「倒是魔王大人啊，雖然聽說過大人您已經痊癒，不過我還是很想問問有沒有哪裡痛？」

他咬緊牙關撇撇頭。

露絲亞好像放下心頭大石一樣，笑了起來：「那就好了。」

「一點也不好吧？」真的一點也不好，怎麼還要關心他這種罪人，怎麼還要待他如初啊……

「為甚麼？我覺得很好啊？」露絲亞不解地反問，還由衷補上一句。「魔王大人原來是你，真是太好了！」

「不，一點也不好！」灰林鴞強硬地否認，她愈賣力要他安心，他便愈自卑。「我……從來也不是一個稱職的魔王，一點也不厲害，凡事都做不好又毫無貢獻，甚至沒有把妳保護好——」

而這個無能的小孩，就是她最憧憬的魔王大人了。

會失望吧？

會嫌棄吧？

會像其他人一樣拒絕承認這個孩子氣的自己吧？

身為魔王必須強大、高高在上、充滿威嚴，這才是應有的風範——

「沒關係啊？」

灰林鴞猛然抬頭，萬分疑惑地看著她。

或許是感覺到他的認真，露絲亞仔細想了一下，吐出匪夷所思的答案：「厲害也好，不厲害也好，也沒關係啊？」

灰林鴞不由得睜大眼睛，還以為自己聽錯了。

每個人都催迫他成長，在他身上附加種種期望，渴望把他塑造成他們心中某個強大的模樣支撐起整個家族——

可是，她說沒關係。

她的反應跟預想中不同，灰林鴞久久才懂得疑問：「才不是沒關係吧，妳不是把我想像成兇巴巴的魔物嗎？」

沒想到露絲亞呆呆地搖頭。

「不是我想像，繪本是這麼畫的啊！」見對方一臉茫然，她指指放在桌面上那本有點殘破的繪本，似乎是前幾天照夜在西翼時收拾回來的。「你沒有看過《偉大的王與壞心魔女》這繪本嗎？」

灰林鴞疑惑極了，那是甚麼粗製濫造的繪本？隨隨便便畫隻雪怪就說那是魔王，角鴞他們究竟給了她看甚麼啊……

「其實我也一樣啊。」

「甚麼？」

輕聲一句拉回了灰林鴞的思緒，只見露絲亞看著凹凸不平的天花，不知為何天藍色的眼睛隱約有點空洞。

「凡事都做不好、毫無貢獻，坦白說除了等死之外甚麼也幫不上忙，甚麼都不懂。」露絲亞一言一語敲打著灰林鴞的心靈，泛起陣陣漣漪。

沒想到她外表看來總是夢幻又輕飄飄，內裡也藏著一點點沉重灰暗的心事。

「我很想幫忙，很想為照顧我的照夜，還有常常陪我玩的你做點事，非常非常希望感謝你們。可是呢，我一直也不知道自己能為你們做甚麼——」說著說著，她耐著痛楚，伸手輕撫著灰林鴞的臉龐。

「但是我現在知道了，謝謝你告訴我。」

沒遇見灰林鴞之前，她也一直迷茫著，然而現在她知道了，她終於知道自己可以為灰林鴉做甚麼。

拋出的問題終於有答案，真是太好了。

露絲亞由衷甜笑，灰林鴉卻怔然落淚。

「……妳不會失望嗎？」

她很乾脆地搖頭：「不會呀，雖然個子小了一點，可是不完美的魔王大人也是魔王大人，能為魔王大人奉獻是我的榮幸。」

「……我可是會殺了妳啊，不恨我嗎？」

「不恨，因為你是魔王啊，是我必須把一切奉獻的對象。」露絲亞頓了一頓，有點羞澀地別開眼睛。「不過啊……我可以稍微請求一下嗎？我希望死時不要那麼痛。」

對啊，因為露絲亞是祭品。

因此灰林鴉怎麼剝削她，都是理所當然的事。

不對。

這才不是必然。

難道他倆就注定被命運壓迫到角落，連稍微喘息也不能麼？

露絲亞找到她可做的事，那麼他呢？

耐著攀附喉嚨的苦澀，灰林鴞對她許下承諾：「我答應妳，以後妳要求甚麼，我都會盡力去辦。」

走出地牢，他收起幾乎崩潰的情緒，匆匆來到角鴞的書房。房門倏然被打開，角鴞從文件堆中抬頭，索然摘下眼鏡，不卑不亢等待對方說明來意。

「我要變得強大，我要強大得足以面對外面那片森林。」灰眸流露著前所未有的堅定，那夜的絕望還有角鴞的狠話，早已深深烙印在他每寸神經。「我不要再做無知的幼鳥，不管再多的訓練和要求我都不會逃避，我在此命令角鴞——再一次成為我的導師吧！」

自出生的那秒鐘起，他注定成為鴞族之王，此生不會有自由——既然逃不過，就面對吧。

所有事情都因他而起，他跟露絲亞之所以痛苦、受到傷害、受到剝削也沒辦法反抗甚至悶哼一聲，全因為他不夠強大。

沒有力量，就不能談論公平。

露絲亞找到了她可做的事，如今灰林鴞也找到面對命運的動力。這次再不是為了應付大伙兒的期許，而是他找到必須努力的理由。

他要變得更強，他必須要更強，然後竭盡所能來補償無辜受牽連的露絲亞。

不。

還不夠，僅僅只有補償並不夠。

比起補償，他更想要守護她。

可是這很矛盾吧？

不久之後，他說不定就要親手殺掉她，他真的能親手扭轉那個既定未來嗎——

第4章 光軌與心跡

第4章 光軌與心跡

清脆動人的笛聲，從森林某處幽幽傳來。

四周的杉樹枝偶而微晃，多隻鷹鴞無聲降臨，一同對笛聲的來源虎視眈眈——一隻闖入鴞族邊境的蠍尾獅，正在用牠美妙的嗓音誘惑敵人。

牠腳下早就滿佈各類魔物殘破不堪的屍首，那動人的笛聲彷彿在嘲弄他們不自量力一樣。正當鷹鴞們苦無對策之際，一抹灰影從後撲出，越過鴞群，往蠍尾獅直飛而去。

他貼近地面滑翔，拍翼不沾雪，敏捷躲開所有橫飛而來的毒尾針，極速竄進了蠍尾獅的身下。

突如其來的襲擊，好些鷹鴞錯愕不已。

「陛下——」全因那個衝鋒陷陣的不是誰，而是他們的魔王灰林鴞。

笛聲戛然中斷，取而代之是疼痛的怒吼。

只見蠍尾獅俯伏地上猛烈掙扎，灰林鴞被壓在下方毫無消息，大伙兒萬分緊張，想要救援卻又無能為力。未幾，整隻蠍尾獅漸漸一動不動化為白骨，一位年約十三歲的灰髮少年，姍姍從白骨中攀爬出來。

轉眼間，灰林鴞十三歲了。

往日得過且過的呆小孩始不復見，這幾年間他已變成行動乾淨俐落的少年。唯獨那雙灰眸，殺戮時依舊不帶任何感情。

看到魔王無恙，一眾鷹鴞紛紛鬆一口氣：「陛下也實在太兵行險著了啊……」

「放心，我沒事。」只是對象的體形比較大，「奪取」比想像中更花時間而已。

「近年有陛下親自加入巡邏小隊，總覺得士氣大增啊！」

「甚麼妖怪猛獸，都不及陛下一爪！」

「別小看陛下年紀輕輕，果然是鴞族之王——」

還遠遠不夠啊，應該可以更快解決……猛獸濃烈的血腥味令灰林鴞不禁皺眉，他隨手擦擦臉頰上的血跡，聽著大伙兒的吹捧，只客套笑笑不搭話。

「說來，陛下是時候要回城堡了吧？」一名鷹鴞化身的士兵，看著橫躺在樹林間的夕陽，恍然記起了某項重要事務。「畢竟悼念典禮快要舉行了。」

悼念典禮——魔界每隔四年都會舉行祭典悼念前任魔王，不同種族的魔物首領屆時會前來城堡悼念……想及此，灰林鴞暗暗嘆了口氣。

簡單而言，就是一個粉飾太平的麻煩派對。

「巡視辛苦了，我們在這裡休息半天，然後啟程回去吧。」

「吾等遵命。」

魔王一聲令下，士兵們立即領命。然而待大伙兒休息的休息，當值的當值，各有各忙的時候，灰林鴞便默唸咒語，隱身在夕陽之中。就像小時候一樣，他利用潛行術躲開眾人的耳目，悄悄離開了巡邏小隊——剛才工作那麼費神拚命，現在當然要好好忙裡偷閒一下！

灰林鴞收起了面對下屬時的嚴肅，恢復一副與年齡相符的愛玩神情，他在崇高的杉樹間穿梭自如，參差不齊的樹枝不再傷害他半分。滑翔、衝刺，他衝出了樹冠層，撲進殘橘與靛藍混沌的天空裡，享受寒風帶來的暢快感。

自他決心積極受訓，近兩年終於得到角鴞允許，可參與邊境的巡邏小隊實習。

這算是角鴞對他的妥協吧？

他如願地體驗自由的滋味，世界也不只規限在狹窄的望遠鏡了。

高空盤旋，俯視這片屬於鴞族的土地，從前灰林鴞並不覺得有甚麼值得驕傲，如今不同了，這裡他有份一起守護。縱使與先祖們的輝煌事蹟仍有相當遙遠的距離，不過至少他有付出過、努力過，不再是那隻關在籠裡坐享其成的雛鳥。

思緒一轉，他急降回墨綠色的樹海。

好了，接下來要帶甚麼禮物回去？

腦內浮現某位少女的身影，灰林鴞嘴邊不自覺洋溢起微笑。上次送了一顆內藏森林的晶石，這次要送甚麼比較好？他在樹林裡尋找看來珍奇有趣的事物，沒想到霎眼一瞥，便見草叢裡閃爍出一點銀光。

這是銀製手鐲？按捺不住內心的好奇，灰林鴞把它拾起細看，這裡怎麼會有手鐲，還刻著人類的文字？

他生疏地把文字的意思拼湊出來：「永遠的、摯愛、愛、蜜莉……」

啊，還有誰在？忽然不遠處傳來窸窣的交談聲，灰林鴞登時萬分警惕，躲在一處幽暗的樹幹上，靜靜觀察。

「到底丟到哪裡了？」

「不是說很重要的嗎？怎麼這樣不小心？」

「對不起，再給我一點時間，我猜是在這裡丟失的……」

交談聲漸趨漸近，未幾一名金髮少女在樹影婆娑中竄出，是露絲亞——不可能，這裡不是鴞族領土也遠離城堡範圍，她不可能會在這裡！

自從加入巡邏隊實習以來，雖說他有時候好幾星期才回城堡，但還不至於會牽腸掛肚得產生幻覺吧！灰林鴞慌亂了一下，趕緊專注細看，才發現金髮少女看上去不僅比較成熟，而且眼睛是翠綠不是天藍。這個人類雖然跟露絲亞有點相似，但她不是……

灰林鴞鬆了口氣，唯獨半秒過後，心神又再瞬間繃緊。

怎麼會有人類？

這裡不是魔界嗎！

只見金髮少女憂心忡忡左顧右盼，她的伙伴也在此時趕來了解情況。

同行的原來還有三人，一共兩男兩女。

灰林鴞吃力回想，這種打扮的人類，好像在哪本文獻見過啊……一個男的手持佩劍、另一個男的則戴有大力士護腕、金髮少女一身聖職者的打扮、另一位女的則是拿魔杖——

半晌他瞪大眼睛，恍然大悟。

難道這就是傳說中的勇者團？

只見女聖職者不停跟同伴道歉，她撥開雜草和積雪再三翻找，遺憾似乎沒找回她想要的東西。

一旁等待的女法師看看天色，終於有點不耐煩了：「不就只是手鐲而已嗎？」

聽罷，灰林鴞心虛了一下。他們說的手鐲，會不會就是他順手牽羊的這隻？

「不只是手鐲，那是——」

男劍士也加入勸說行列：「的確很可惜，只是我們也該找個地方休息了。」

女聖職者欲言又止想要抗議，最後沮喪噤聲，半推半就跟隨同伴離開。

雖偶有聽聞，好些人類會自稱勇者，三不五時闖入魔界挑起事端，欲要奪取領土或是復仇甚麼的，然而絕大多數都死在魔界邊境，真難得這四個人類能闖進稍微深入的地區。

誇獎完了，接下來該怎麼辦？

回去跟巡邏小隊報告，把他們殺光？

魔物化出厲害的魔物，把他們殺光？

還是利用潛行靠近，把他們殺光——

倏然，被同伴拉著離開的女聖職者回望，彷彿希望這最後一瞥能有所發現。那個柔弱困惑的神情，跟記憶裡那位女孩模糊地重疊了。

灰林鴞默默收回獸化的爪。

罷了，弱小的人類不可能在魔界存活太久，用不著自己動手，他們早晚會被森林裡的魔物消滅吧？

是時候要回去了，不然會來不及和露絲亞碰面。

鴞族的詛咒是家族秘密，身為祭品的露絲亞更是絕對不可能被發現，她會提早一個月躲藏在地牢裡，直到確定所有悼念典禮的賓客離開為止，而身為魔王的灰林鴞也會忙於籌備祭典事宜分身不暇。也就是說，若錯過了這次空檔，連同這次出巡的日數，他將會有兩個多月不能見露絲亞——

完全無法接受！

灰林鴞領著小隊飛越夜空，返抵屹立在斷崖邊的鴞族城堡。穿過結界，越過高聳的大門，風塵僕僕的小隊直接降落在中庭。

「小隊解散！」沒與大伙兒寒暄，也等不及卸下裝備，灰林鴞急不及待丟下鷹鴞們，打算直接飛往西翼——

「恭迎陛下回來，邊境巡邏辛苦了。」沒想到他才拍翼轉身，便遇上恭敬行禮的角鴞。「陛下回來得正好，在下正想相談悼念典禮的事宜。」

連女僕們也早有準備似的，繞著他團團轉，替他卸下沉重的裝備。嗚、這樣子簡直就像逮捕他一樣，是因為他迴避接見，直奔西翼太多次了嗎？

「為甚麼不能取消這種麻煩的應酬？」沒辦法逃脫，灰林鴞也只好認命地留下來。「畢竟我們有秘密要守住的，乾脆禁止外族來訪不是一了百了嗎？」

「這是長久以來各個種族以表對鴞族忠誠的祭典，若然取消，過度將他族拒於門外，恐怕惹來不必要的揣測，最好的做法是一切假裝自然。因此，祭典舉行前有好些雜事需要陛下處理——」角鴞絮絮解釋，以為終於可進入正題，他正要開腔卻察覺灰林鴞分神了。

只見灰林鴞目不轉睛地盯著不遠處的一名小女僕——正確而言，是打扮成女僕的露絲亞，她跟照夜一起捧著大堆洗換衣物前來中庭。

「大家辛苦了……啊——」折疊得高高的衣物遮擋著她的視線，一下稍失平衡，便立即連人帶衣物絆倒在地——

灰林鴞閃身已來到露絲亞面前，一手把衣服堆接好，另一手則恰恰攔住她的腰，俐落地阻止了所有意外發生。

露絲亞從他懷中掙扎起來想要道謝，這才看清來者，一雙藍眸宛如放晴。

「魔王大人回來啦！」她笑得相當燦爛，熱情地反撲過來，力度猛得灰林鴞差點站不穩。雖然的確有段時間沒碰面，不過她也太高興了啊！不管外出的日子長短，甚至有時候只是相隔半天，只要每次一碰面，露絲亞也會像現在那樣用盡全力來迎接他。灰林鴞看著懷中喜形於色的露絲亞，不禁猜想，如果她有尾巴的話，現在一定晃得厲害吧？

最初相遇時，他覺得露絲亞是一隻精緻的金絲雀，如今她更像人類書籍中紀錄的某種生物——熱情又友善，忠誠又親切，擁有垂耳和長尾巴，毛茸茸的外表看起來可愛又呆笨。

「嗯，我回來了。」直到露絲亞出現，灰林鴞才真正有種回家的感覺，內心暖烘烘的。「妳在做甚麼？女僕遊戲嗎？」

「才不是遊戲，我可在認真工作啊！」露絲亞拍拍自己毫不結實的手臂，一臉認真。「我目前負責洗衣服，看到大家好像不太喜歡沾水，所以我去幫忙了！」

灰林鴞揉了揉她有點冰冷的手，發現她的指頭長繭了，不由得有點心痛：「說實在，這些粗活不做也可以，又沒人會怪妳。」

「沒關係，我很想幫忙，至少為魔王大人分擔點甚麼！」露絲亞心滿意足地看著自己的手指，這可是她付出的證明呢！

看著露絲亞認真又努力的模樣，灰林鴞啞然苦笑。

記憶中，她上次是負責縫補所有窗簾，為甚麼她總是閒不下來呢……灰林鴞沒好氣地拍拍她的頭，接著狠狠盯著剛剛和他出生入死的鷹鴞小隊。

「你們，自己的衣物自己來取啊？」洗衣就算了，難道還要她侍候其他男生更衣嗎？這可不行，他絕不允許！

灰林鴞的語調甚具不滿，出勤時他也不曾這麼嚴厲，鷹鴞們嚇得紛紛上前，想要盡快從他手上搶過衣物，結果卻弄巧成拙亂成一團。

沒錯，就是要趁著這個空檔！

他把大伙兒的衣物往上一拋，然後轉過來拉住露絲亞，展起惡作劇的笑容：「抓緊了。」

「甚麼——啊！」露絲亞還未領會過來，雙腳已經碰不著地，她亦一如勸告般，嚇得緊緊環住他的頸項。

「角鴞，祭典那些待會再說，先讓我休息一下吧！」也不由得角鴞不允許，他丟下這句便橫抱起露絲亞，一縷煙似的飛走了。

看著公然逃跑的二人，角鴞沒有如往日般加以阻止。他抬望消失在夜空中的身影半晌，彷彿默許了灰林鴞的任性行為，沒有多說甚麼便返回東翼。

「角鴞閣下。」同樣被遺下在原地的照夜，趕緊追上他的步伐。「小的愚昧，不懂閣下撤銷西翼結界的用意。」

自從灰林鴞離家出走一事落幕，西翼也重建完畢後，有段時間西翼仍有結界。可是，後來某天毫無預告之下，結界撤銷了，從此露絲亞就像被默許一樣，東翼西翼也能自由進出，隨心所欲做她想做的事。

這段期間照夜一直很疑惑，直到剛才她再也忍不住追問，為甚麼角鴞會採取如此放任的態度？

「陛下懂得潛行以來，西翼的結界根本形同虛設。」

反正千方百計阻攔也沒用，灰林鴞總會找到能與露絲亞見面的方法，彷彿只有這步決不退讓。

角鴞懶得再在同一個問題上與灰林鴞爭辯，於是索性不再放設結界，一勞永逸。

唯獨角鴉的回答完全沒有消去照夜的疑慮，她眉頭依舊深鎖。

「小的不明白角鴉閣下的用意。」她沒再緊追角鴉的步伐，只站在原地一再強調。

她相信角鴉早就明白她真正的疑問，只是避重就輕不回應——她想知道的是，為甚麼角鴉會默許露絲亞在城堡自由活動之餘，還默許她與灰林鴞如此親近？

灰林鴞與露絲亞；魔王與祭品；獵人與獵物。

明知過度親近的結果只會帶來傷害，為甚麼要放任他們不管？她實在猜不透角鴉的用意。

「陛下需要一個明確的目標才懂得努力，只是很不幸這目標竟然是他的祭品。」或許見照夜鮮有堅持，角鴉考慮了半晌終於姍姍解釋。

照夜如願地獲知了答案，卻依然沒辦法釋懷，走廊陷入了沉寂，只有地上的影子隨火炬的光而晃動不定。

只要能令灰林鴞有動力前進，即使用上任何方法也在所不惜嗎？即使明知那兩個孩子的未來會因此更痛苦——

「我知道妳的憂慮，不過這種日子很快就會結束。」角鴉表情木然地打斷照夜的思緒，也像在告誡自己別擔心。「畢竟誰也有得向現實低頭的那刻，即使不願意，結局也會迫到他們面前，他們早晚也得面對。」

角鴉頭也不回轉身就走，寬長的走廊只餘下照夜，她黯然盯著地上的磚塊，對未來無能為力地擔憂著。

然而那個能窺見的未來，對此刻的灰林鴞與露絲亞而言，仍然有點遙遠。

灰林鴞抱著露絲亞飛越那條唯一通往西翼的走廊，縱使結界早已解除，可是城堡的各位仍抱著舊有的共識不願前往，這區依舊如往日般荒涼。

「然後啊，我們發現了溫泉。」

「溫泉？」

今夜眾星拱照，走廊不再是黑橘二色，二人暫時遠離繁囂，降落在冷清的通道上，一邊漫步一邊閒話家常。幾星期沒有見面，灰林鴞急不及待把巡邏的所見所聞分享給露絲亞，此起彼落的談笑聲飄散在夜色之中，原本冷清的西翼此刻增添了絲絲溫暖。

「就是一個大水池，水面沒有結冰，水還熱熱的，泡進去很舒服。」

「那一定很有趣了！」露絲亞嘗試幻想那片她不曾看見的奇景，卻似乎始終有點難以想像。「真想去泡泡看啊。」

「可以啊。」

「咦？」

灰林鴞在階級旁蹲下，將手平放在庭園的雪地面，未幾冷冰冰的雪地融化出一個小水池。

「這深度大概只能泡泡腳……」

「好厲害——」

沒等對方說明，露絲亞兩三下已脫掉鞋子跑進庭園。同時身處於冷與熱之中，那種溫差令她感到非常新奇，一直左踩踩右踏踏，玩得樂不可支。

那就帶妳去看看——這句話，灰林鴞說不出口，他只好想個方法把那個景象盡量呈現。

這些年，見識多了、世界變寬了，灰林鴞卻再沒把握和念頭帶她到外面去。那片森林總存在著比他更厲害的魔物，他不想看到露絲亞再受傷害，也不願意她接觸外界。

當年他曾說城堡是個鳥籠，如今他一同將露絲亞囚禁了。

朦朧的月色灑落露絲亞的臉龐，伴隨著飄渺的蒸氣，淡淡的光暈令她看起來多麼虛幻不實在。

露絲亞並不屬於魔界。

或許某天她會知悉真相後撇下自己，又或是獸化的利爪被迫貫穿她的心臟——

沒由來的恐懼，充斥灰林鴞心頭。

那份潛藏的不安驅使他上前牽起少女柔軟的手，好好確定她仍然在自己身旁。感受到他的觸碰，露絲亞望向他，視線對上之時，她忽然輕呼了一聲。

「魔王大人，長高了呢。」

小手在他倆的頭頂來來回回比出了高度，卻沒為意劉海沾上了水珠，灰林鴞替她整理，她便微笑道謝。每當天藍的眼瞳瞇成一線，灰林鴞便感到再寒凜的空氣也會立即變得暖烘烘，不自覺把手牽得更緊。

究竟要怎麼做，才有把握將她留住？

「早陣子我研究到一條術式，現在來試試看吧。」待露絲亞點頭，灰林鴞便緊握她的手，像那年一樣默唸起咒語。

這些年來，他從沒放棄過尋找打破詛咒的方法。

廣闊庭園的上空和水池同時浮現了一對結構複雜的魔法陣，覆蓋他倆，現在以他的能力已不會像兒時那般，力量失控把城堡拆掉了——遺憾詛咒從沒解開過。

恰如現在，魔法陣各自融入在二人體內，光芒閃爍過後卻一切如常，毫無任何異樣或改變。

又失敗了啊，到底是哪裡出錯……灰林鴞趕緊從暗袋中抓出了一本小小又殘破的筆記，上面寫滿了潦草的文字，他翻揭了好良久，依然找不到任何漏洞，也就是說，這個方法不行嗎——

忽然，數隻手指輕揉著他的前額，把緊皺在一起的眉頭撫平了。

他從筆記本抬望，便見露絲亞憂心忡忡地看著自己：「我有甚麼可以幫上忙嗎？」

不好，一下不為意又沒完沒了地研究，害她擔心了！

「……陪在我身邊吧。」除此之外，他的確別無所求了，唯獨這個願望看似近在咫尺卻又遠在天邊，任他努力拍打著翅膀也不曾靠近過半分。

「那麼，我們來去堆雪人好不好？」說罷，露絲亞拉著他跪坐到雪地上。

看著她興高采烈地搓著雪球，灰林鴞沒好氣地笑了笑：「十三歲了吧？怎麼依然那麼喜歡玩堆雪啊？」

或許在外巡邏歷練久了，灰林鴞已不像露絲亞那樣童心未泯，畢竟在那片森林裡，稍微天真一點都可能造成無可挽救的後果。每次回到城堡與她碰面，他都覺得自己悄悄地改變了不少，然而她的笑容卻依舊如昔。

「魔王大人在取笑我嗎？」露絲亞嘟囔著嘴巴，有點不滿。「不過，魔王大人才是最孩子氣的吧？」

「才不可能！看，是誰先提議堆雪人？」

「我可是一次也沒在魔王大人面前哭過呢！」

灰林鴞登時語塞，哪有這種道理！

「或許是因為能夠與魔王大人相遇，我一直幸福得不得了。」忽然露絲亞收起了玩笑的表情，珍而重之地說。「能為魔王大人奉獻是我的榮幸！」

奉獻的那位笑容滿臉，受奉獻的那位卻心事重重。

露絲亞由衷安慰的話語，傳進灰林鴞耳內化成濃濃的虧欠感。短短一句，便挑起他們是魔王與祭品的事實，狠狠刺進他的心坎。

現在灰林鴞已經不用過關斬將似的，隨時隨地也能與露絲亞見面了。可惜比起結界、比起種族，他們之間似乎有著更大的隔閡。

他很喜歡露絲亞。

露絲亞也喜歡他。

可是，他感到他們的喜歡，似乎有著微妙的不同。

此時走廊幽幽亮起一點火光，是照夜挽燈來了，也象徵著他們即將要分別。

「照夜來接我了，之後我們要隔一個多月才能見面。」露絲亞的語氣非常依依不捨，還不自覺把剛弄好的雪球堆疊成兩個相依的雪人。

「對不起，這個月委屈妳躲在地牢了。」

「不不不，為了魔王大人這點犧牲算得上甚麼？」

灰林鴞苦笑而不語，只拉著露絲亞站好，替她穿好鞋子後，便牽著她親自交付給照夜。

「這段時間，有勞妳照顧她了。」要在地牢生活一個多月，想必照夜又要承受不少重擔。

照夜沒有多言，只微微欠身便牽著露絲亞離去。露絲亞回眸揮手，這一幕忽然令灰林鴞記起了甚麼。

「啊，對了──」他趕緊摸了摸口袋，咦──那隻銀手鐲怎麼沒有了？還想說露絲亞一定會很喜歡人類的工藝品，難不成剛才忘了拿出來，連同其他裝備一同卸下？沒辦法，唯有等下次了。「下次見面時，有禮物要送妳。」

「真的？是甚麼？」

「下次妳就知道。」

「謝謝魔王大人！」露絲亞沒有追問，可是她仍然滿心期待。

目送著少女的身影遠去，漸漸淹沒在夜色之中，繚繞在灰林鴞心弦的依然是那張甜甜的笑臉。

再碰面的時候，露絲亞絕對會尾巴猛晃飛撲過來吧……不對，她是個人類，才沒有尾巴。

微笑過後，他重重嘆了口氣。

露絲亞是怎麼看待他的，一直以來灰林鴞都不敢問個明白。

他害怕親手戳破真相後，現在的幸福景象會甚麼也不剩。

他更害怕知道，當她的喜歡撇開接近宗教式的瘋狂崇拜後，還會剩下多少？

※　※　※

為期三天的悼念典禮，終於正式舉行。

繁複的悼念儀式過後，平日只有鴞族的東翼謁見廳，現眼多了各類魔族聚首一堂，並輪流演出。水牛族利用它們的蠻力與牛角碎掉一塊大岩石；棕熊族大掌一抓厚重的樹幹便斷成三份；鱷魚族一口把一尾巨魚咬得身首異處——

魔族對力量非常崇拜。

而各個魔族對鴞族表示忠誠的方式，都是在展示自身的力量後，發誓他們必世世代代為魔王效力，這份力量不論有多兇猛也只會用於穩固魔界和平。

他們這麼賣力演出，不累嗎？看著都覺得辛苦啊……灰林鴞獨自坐在一眾魔物之上，居高臨下看著各個魔族精心準備的表演，內心不禁如此疑惑。

察覺到灰林鴞的表情微有疲態，站在王座旁邊的角鴞清清喉嚨小聲提醒：「上屆祭典已推說陛下年紀尚幼，不宜面對群眾而缺席，還望今次陛下能稍微配合。」

灰林鴞微感不悅，他當然有在努力配合啊！坦白而言，稍早時段的儀式完結後，他剩下的職責就是呆坐。

三天之內，只要無時無刻擺出一個冷酷的樣子就可以——當初角鴞說得可真簡單啊，事實才不是這樣子吧？每每有任何人前來敬禮、與他攀談，甚至像現在只是看個表演，灰林鴞都暗暗提心吊膽著。要是稍一不慎，詛咒的事就會露餡，鴞族靠力量令各個物種臣服，要是他們知道現任的魔王虛有其表，後果真的不敢想像。

不可以取消，不可以輕舉妄動，就這樣一切假裝自然。

這個王座，如坐針氈。

接下來是山羊族的表演了，灰林鴞不由得瞪大眼睛，等等啊，派上老人家來擔當這種辛勞的表演這樣好嗎——意外亦如他所擔憂般發生了！

不論山羊族原本打算表演甚麼，只見山羊吃力地爬上了堆疊如山的椅子上沒多久，便不小心失去平衡摔下來。

「小心……」幾乎是立即，灰林鴞正要動身上前攙扶，豈料一隻手攔在他前方，不讓他過去。

「陛下不宜妄動，讓奴僕們為他打圓場就好。」攔截他的正是角鴞，要是灰林鴞與其他魔族過份接近，說不定會引起不必要的事件，他必須盡力迴避這些可能性。

「這樣還在冷眼旁觀的話，不是顯得很不近人情嗎？」

「魔界裡仁慈不能服眾，同情反而是種侮辱，他們承認的只有力量。」角鴞不厭其煩再三勸喻。「還望陛下多作自身的考量。」

沒錯，他有他的立場，可是看著山羊族一仆一繼地爬起，然後還得被其他魔族側目，這就是他所統治的世界嗎……灰林鴞猶疑不決之際，忽然一個身影搶先一步，從群眾之中走出來，扶起了山羊。

那身影一出場，全場的氣氛瞬間凝結了。

「那是誰……」

「是誰如此冒犯！」

「竟敢偽裝成前任魔王——」

一眾魔物嘩然，大廳內頃刻議論紛紛，只有那位站在輿論中心的偽裝者，仍然一副不以為然的表情。

「愛兒啊，本王不是曾告訴你要跟各個魔族相親相愛嗎？怎麼見老人家摔倒也不來幫忙一下？」見灰林鴞一臉錯愕還沒回神，對方更加得寸進尺。「愛兒啊，你怎能對父親這麼冷淡？

不跟本王行禮嗎？」

灰林鴞無言以對，父王早在他年幼時就已去世了，他們連說話也沒有半句，更不曾如此交代過。換是平日他還能當成笑話，但是今天這種場合，就是故意冒犯了吧？

在悼念典禮中，偽裝成悼念的人物。

這傢伙到底是誰？

平常沒多接觸其他魔族的灰林鴞費煞思量，然而早有見識的角鴞卻輕易悉破來者何人：「真是精彩的偽裝，謝謝赤狐殿下帶來如此驚喜的表演。」

「前任魔王」誇獎似的，輕浮地吹一下口哨，倏地他整個身體有如泥沙一樣崩塌流失，最後出現了來者的真面目——一名紅髮馬尾、橘色眼睛的少年，他臉上帶著一抹輕蔑的笑容。

「說到驚喜，可不及今年能親眼一睹陛下的風采。」被稱為赤狐的少年，正式朝灰林鴞恭敬行禮。「沒想到陛下還真是青出於藍，年紀輕輕就踩在眾魔族之上。」

必恭必敬的言行下，他卻比角鴞還要話中帶刺。

典禮還在籌備時，角鴞早有提醒過要小心赤狐族。鴞族尚未崛起之前，赤狐族曾經雄霸一方，後來鴞族的出現才令他們沒落至此，多年來他們似乎仍然耿耿於懷。

「像我這種平凡不已的狐狸，跟陛下差不多大時才只懂追著自己的尾巴玩而已，沒想到陛下就已經成為鴞族的王，統領魔界了。」見灰林鴞對他的挑釁無動於衷，赤狐便更咄咄逼人，彷彿執意要惹他動怒。「真令人妒忌啊，我真該回去抱怨一下父親大人為甚麼赤狐族沒有『承傳』技能。」

「赤狐——」率先沉不住氣的，竟然是角鴞。

「抱歉我個性比較率直，向來有話直說，陛下個子雖小但寬宏大量，還請原諒我的無禮啊。」

灰林鴞深知對方故意挑釁，倒是沒有很激動，畢竟赤狐說的也是事實，他沒有反駁也沒有惱怒的理由。比起生氣，他更多的是擔憂，不知道如何才能把這個處處刁難的傢伙打發掉。

赤狐是不忿魔王比自己還要年幼，還是妒忌鴞族擁有歷代相傳的能力？灰林鴞都不忍說，他也正在苦惱要如何繼承力量，若果找不出兩全其美的辦法，他寧願甚麼能力也沒有，就算不當魔王也行。

可是那種對王座虎視眈眈的傢伙，只會認為這想法簡直愚蠢又奢侈吧？

「咦，已經沒有魔族上前表演了？那麼我有一個微小的請求啊。」赤狐不太在乎自己打斷了典禮，自顧自提出無禮要求。「聽說陛下的能力是魔物化，具體如何，真想見識一下呢！可以為我這些無知的晚輩示範示範嗎？」

「赤狐殿下，你這是在指示陛下——」

「好啊，這是一個不錯的提議，只讓大家來取悅我這個孩子，也實在有點說不過去。」

角鴞正想要強硬拒絕，灰林鴞卻一臉歡迎至極地同意了。

「陛下——」角鴞大為不解，陛下力量不足，不可能召出令群眾折服的魔物，到底他在打甚麼主意了？

「角鴞，沒事的，只要好好配合我。」灰林鴞從王座站起來，拍拍角鴞的肩膀。「把你所知道的厲害魔物具現出來……撐個五秒就好。」

灰林鴞默默走到一個大火盆前，再次朝看一眾魔族。在場沒有任何一位對赤狐的要求出言異議，他就隱約知道魔族們其實也默默認同著赤狐的說話。

角鴞說得對，他們崇拜的是力量、是鴞族，不是灰林鴞本身。今天各個魔族聚首一堂賣力表現忠誠，只因灰林鴞是鴞族的子孫，出生已注定統領魔界的王者，縱使他是個稚氣未除的少年，魔族們仍得恭敬以待。

然而內心，未必跟外在表現一致。

再加上赤狐的輕蔑態度無形令他們有損威嚴，他也必須做點甚麼來為自己跟典禮打圓場。

灰林鴞浮誇地高舉權杖裝作唸唸有詞，火盆中央旋即閃現了一個魔法陣，接著火盆裡隱約傳來了一聲鳥鳴。

「現身吧！」

叫罷，他用權杖敲敲火盆，搖晃鬆散的火光驀然燃燒旺盛，一隻全身沐火的巨鳥從盆口中威風現身，朝大廳飛撲而至——

灰林鴞沒有足夠力量魔化出厲害的魔物，但是短暫的具現化角鴞仍能勉強應對。就這樣將「具現化」偽裝成「魔物化」，唬爛他們一下，順便把赤狐打發走吧！

眾魔族嚇得亂成一團，火鳥快要撲到面前之際，便化成了一股無形的熱浪，半秒之間杳然無蹤，大廳裡只餘下一聲不怒而威的吼叫。

「這樣的表演有令各位滿意嗎？」灰林鴞昂首在眾魔族前，剛才看著火鳥猛然現身的一瞬間，他內心也暗暗抹一把冷汗，可是仍然要強裝鎮定。「今天的典禮就此結束，城堡早已安排房間給遠道而來的各位休息，祝大家有個愉快晚上。」

他跟角鴞互使一下眼色，一主一僕便頭也不回匆匆離開大廳，遺下仍在錯愕的魔族。

「畢竟承襲了多年來的家族力量……」

「即使是小孩，但還是不容輕視啊。」

「鴞族果然是魔界最強大的存在——」

聽著他們的驚嘆，赤狐不哼半聲轉身離開，獨自走在城堡走廊上，一臉焦躁。

假的。

剛剛的火鳥才不是甚麼魔物化，只是個浮誇小把戲而已。

在他應邀出席悼念典禮之前，早就事先調查過灰林鴞這號魔王有何能耐。以他所知魔物化的首要條件是直接接觸該事物本身，可是剛剛灰林鴞連火舌都沒碰到，怎可能把火燄魔物化？

他們使詐了，為甚麼要使詐？

難道說——

「赤狐殿下晚上好。」忽然一名女僕飛在赤狐前方，截住他的去路。「我們安排的房間不在那邊，請容奴僕為殿下帶路。」

「我可是尊貴的賓客啊，難道不能到處參觀嗎？」

「陛下有命，請容奴僕為殿下帶路回房間休息。」

女僕態度傲慢，赤狐挑挑眉，鴞族稱霸魔界多年，真是沒想到連帶下僕都這樣目中無人。

「妳就那麼趕著和我回房間休息嗎？」赤狐藏起了不悅，反而厚著臉拉著女僕調情。

想當然女僕只甩開他急步走前：「殿下請自重。」

「真無趣啊。」對方不領情，他也只好聳聳肩乖乖跟在後頭，然而到了房間他又百般藉口了。「今晚很冷吧，你們的被子竟然那麼薄！還是說會有人為我暖——」

「奴僕現在就去為殿下準備多一張氈子。」女僕依舊態度如一，斬釘截鐵打斷他的說話，強硬地欠身離開，彷彿不願逗留多一秒鐘。

「真是無情啊。」赤狐看著走遠的女僕，擺出副相當惋惜的樣子。「不過今晚即使孤獨一個，也會很精彩呢。」

說罷，他整個身體便沙石化起來，高速重組變形，不消半刻就變成了剛才那位女僕。

他拉拉裙子，立即顯得一臉厭惡：「我可沒有易服癖，不過將就一下吧。」

等等，這麼重要的東西竟然給忘了！偷偷離開房間之前，他驀然想起了很重要的事沒做。他對著鏡子掏出了一個羽毛胸針——剛剛跟女僕調情時，他偷偷摘下來了。

好，胸針別好了，所以現在他要去哪裡？以他久歷在自家城堡偽裝的經驗所得，如要了解城堡裡的是非流言，廚房莫過於是最理想地點。

赤狐回到大廳尾隨收拾餐具的奴僕，毫無障礙便來到廚房，沒想到剛要從門口窺探進去，便傳來了驚天動地的責罵聲。

「妳怎麼搞的，這種事竟然也會出錯！」一名女管家站在儲存室前，怒氣沖沖地指責一名小女僕。「人類雖然麻煩但工作還是給我好好做啊！少了這箱食材，照夜要怎麼在地牢捱上一個月？」

赤狐的眼睛變得銳利，他非常肯定自己聽到了關鍵詞。

「那麼、這樣、要匯報給角鴞閣下嗎……」一想到會驚動角鴞，小女僕不由得戰戰兢兢。

「這次就算了，還好照夜聰明，早知道可能會出狀況。」狠罵了一頓，女管家似乎也氣消了不少，直接把一根刻有魔法陣的蠟燭丟到小女僕懷裡。「自己闖的禍自己負責！」

小女僕委屈地點點頭，慌忙捧著食材跑出走廊。

機會來了——赤狐趕緊追上去關心：「妳還好吧？女管家用得著這麼兇嗎？」

「妳是、負責照顧賓客的那組女僕？怎麼會在這裡？」小女僕再三瞄瞄他的羽毛胸針，表情非常疑惑。

「對啊，我負責照顧赤狐族呢。那傢伙說肚子餓，硬是要我到廚房弄點吃的回去。」

「聽說赤狐族都很輕浮，妳沒有被怎樣吧？」

「有啊，他竟然問我要不要和他一起休息！」

小女僕嚇得倒抽一口氣，接著氣憤得咬牙切齒：「真是厚顏無恥！」

閒話家常夠了，赤狐指指她手上的食材：「是說，這個很重要吧？怎麼早陣子不好好搬過去？」

然後讓心懷不軌的魔物有機可乘呢？例如他。

「我不喜歡人類，也最討厭地牢了！」小女僕激動得淚水汪汪。「根本他們每個也不想負責，一個推一個最後推在我身上！」

「這樣啊，接下來由我去就好。」赤狐也學著她一塊兒激動起來。「拜託了，我寧願進地牢也不要再侍候那赤狐了！」

「謝謝妳，那麼這幾天我替妳打掃大廳吧！」小女僕也確實不客氣，直接把整箱食材塞過去，真沒想到走進地牢對他們而言是份苦差。

「等等先別走，至少要替我開個門啊。」不然他連地牢的入口在哪裡都不知道呢！

「對不起！」小女僕趕緊繞到樓梯轉角，把暗門打開。「記緊要小心，蠟燭不能熄滅啊！」

赤狐走進地牢，還回頭跟小女僕揮揮手。潛入竟然如此順利連他自己也嚇一跳，大概是長久以來鴉族稱霸魔界，導致城堡的生活過於和平安逸，於是奴僕的警覺性也不高吧？

幽幽的燭光亮起，周遭令人窒息的黑暗似有意識地慌亂竄開，原來如此，這個地牢佈有普通照明工具沒辦法驅散黑暗的結界啊。沒有這根特製蠟燭，絕對會迷失在黑暗裡至死為止吧？

真是相當厲害的結界呢！這樣嚴密的防備，究竟藏了何等重大的鴉族機密——

猝不及防，另一道燭光在轉角撲臉而至，只見一名短髮烏瞳的女僕神色凝重地站在面前，難道她就是女管家口中的那個照夜了？

照夜緊盯著他的羽毛胸針，赤狐暗喜——沒猜錯，胸針果然是他們的防偽識別，看來是針對他而設的措施呢。

「為甚麼會是妳？」

對啊，來的應該是女管家，至少也是小女僕才對，不該是他偽裝的這位女僕！輕描淡寫的一句，害赤狐慌亂了一下才懂得對應：「中間的確有點狀況，不過最主要的原因相信妳也知道的吧？總之我把食材送來了。」

照夜低頭不語，不自覺替赤狐印證了鴞族真的很討厭地牢還有她們口中說的人類。到底那個人類長甚麼樣子，真想快點見識見識啊，可是他仍得裝作不感興趣地丟下食材。

「還有，角鴞閣下有急事找妳，想請妳到書房一趟。」赤狐邊走邊交代，遺憾這一記轉身，他的眼睛映出了亮光——

女僕們絕大部分是麻雀，才不可能有這雙夜視能力的眼睛！

照夜的手瞬間化成利爪，猛然朝那個可疑的背影掃去，卻只有風勁輕吹起赤狐的髮絲，而爪就在他頸項前半吋，硬生生被攔下來。

突襲不成，反被強攻。倏然一記猛扯，下個瞬間地牢的石壁便映入眼簾，照夜急忙張開翅膀勉強扭轉方向，卻沒有空隙閃避突如其來的踢擊。

結果，她還是撞在凹凸不平的岩石，連同大大小小的石塊重重摔回地上。

「通道狹窄，鳥類不易戰鬥吧？」赤狐踩在她的翅膀，然後粗暴扭斷，尖聲痛呼頃刻響徹走廊。「原本我想以最和平的方式潛進來，可別怪我對女士動粗囉。」

他以為照夜會就此放手，豈料沒有，明知打不過，她仍然竭力抓住對方的腳踝。

比起地面的女僕，這位還真礙事啊……赤狐的眼神閃過一絲不耐煩，狠狠朝照夜頭顱再踢一腳，她登時昏厥過去。

「妳這麼堅持，害我愈來愈想知道地牢究竟收藏著甚麼寶物了！」赤狐的外表又再度變化，他化成了照夜，順著她所留下的氣味，終於來到一所透著火光的石室。

哦哦，這就是人類了嗎？

赤狐走進石室，只見一名金髮藍眼，身穿睡裙的少女看到他所變的照夜便趕緊撲過來，神情非常坐立不安。為甚麼他們會抓了一個人類養在城堡裡？難道是血祭時抓回來的？

為甚麼要這樣做？不會只是純粹好玩吧？該說，他早就不明白如此大費周章的血祭到底有何意義，鴉族似乎隱藏著很多秘密——

忽然，早前灰林鴉的魔物化表演，瞬間閃現赤狐腦海。

老一輩的赤狐族，曾聽說多年前曾經有個傳聞，說魔界最厲害的魔女死前曾詛咒鴉族，後來這個傳聞未及證實便不知怎的被壓下去了，而在沒多久之後，便出現了血祭這習俗。

呵呵呵……明白了，好像一切都能說通了！血祭的真正目的，才不是因為魔王死了所以獻上人類的血陪葬，幹嗎要攀山涉水到人類的世界作惡？

而是因為某種原因，他們需要活生生的人類祭品。

「照夜，剛剛那是甚麼聲音？」露絲亞無助地拉拉他的衣袖，赤狐不禁慨嘆，樣子還長得那麼甜，真是可憐的人類少女。

「剛剛有人闖進來，不過放心，我已教訓了他。」他毫不客氣地摟住她，又撫摸她的臉頰並笑著安慰。「可是這裡已經不安全，我們要馬上離開城堡。」

原本一臉迷茫的露絲亞錯愕地瞪大眼睛，她掙開赤狐的懷抱，跑到石室的另一端。

啊啊，他又被悉破了嗎？赤狐欲想看看人類會怎樣還擊，豈料露絲亞砸碎了水杯，抓緊碎片刺向自己的喉嚨——

「等等，妳怎麼了！」她的舉動完全出乎意料，赤狐嚇得急忙抓住她的手阻止。

「放開我！真正的照夜在哪裡？妳不是照夜——妳是誰！」露絲亞拚命掙扎，連手掌深深割傷流血也毫不察覺。「照夜從來不會對我微笑也不會這樣觸碰我，妳到底是誰！」

雖然赤狐可以變成別人的容貌，可是神情和動作沒辦法立即學會。沒想到他在地面過關斬將，到最後竟然一次又一次被輕易悉破了。

「謝謝提醒，我會好好精進一下演技。」赤狐諷刺地反過來道謝，然後收緊了力度，牢牢的抓緊她的手。「不過妳想逃哪裡？妳是想要以神秘祭品的身份，衝出去叫魔王救妳，讓全魔界也知道妳的存在嗎？」

想像到那個更嚴重的局面，露絲亞終於稍微冷靜下來。眼前有個身份不明的人偽裝成她最熟悉的照夜，言行舉止卻陌生不已，這種差異令她非常惶恐，整個人忍不住顫抖。

「不用緊張，我沒打算傷害妳，趁還有丁點時間，來陪我聊聊天吧？」不安微微傳到赤狐掌心，他伸手摸摸露絲亞的頭髮，出言安撫。

這個人嘴裡說沒惡意，卻根本不可信！

所以這個人想怎樣？

她要如何逃脫呢？

照夜又在哪裡？

魔王大人還好嗎——

一會兒憤怒、一會兒苦惱，露絲亞正在考慮甚麼，表情全都表現出來，直接坦率的反應徹底逗樂了赤狐。

「哈哈哈，妳好可愛啊，人類都那麼可愛的嗎？喂，不如這樣吧，妳來做我的寵物好了，我會好好飼養妳啊。」

他用著照夜的外表擺出輕浮的神情，幾乎是立即，露絲亞激動拒絕：「不要，我的性命只屬於魔王大人！」

「哦哦，所以說只要我是魔王就可以了嗎？」

「你說甚麼？魔王大人只有一位，那就是——」

「搞清楚啊，人類少女。」赤狐頃刻收起了笑容，捏著她的下顎，眼神銳利得彷彿要把她宰掉。「魔王只是個身份，只要有能力就可坐上那個寶座，這個人不一定是灰林鴞，可以是角鴞，可以是照夜，當然也可以是我。」

「總之我不會背叛魔王大人！」露絲亞沒有識趣妥協，毫不畏懼地直視回去。「要是你想利用我做出傷害魔王大人的事，在這之前我會先自殺！」

她理解有陌生人闖進地牢後，沒有攻擊沒有逃跑，反而選擇自殘，大概是因為被洗腦了吧？看著赤狐不禁暗暗佩服，鴞族比想像中更不擇手段啊。

「沒想到這個世上會有對魔王忠心耿耿的祭品呢。放心，我不會拐走妳，至少今天沒有這個能耐。」剛才說要帶她離開城堡都只是個玩笑，始終這裡是鴞族的城堡，也有對他們誓死效力的魔族在，赤狐再厲害也寡不敵眾，他還想活著回去啊。

今天不是開戰的時機。

他要籌備一個更加能一口氣推翻鴞族王朝的大計劃，拉攏更多魔族，支持他擁他為王。時間不是問題，反正現在的魔王弱得要命，鴞族不可能輕舉妄動。

而這個人類也不能殺，說不定她藏著甚麼巨大關鍵，破解了以後就能好好利用。

「遊戲差不多要結束了吧？這幽會太短暫真是可惜啊。」赤狐算算時間，他們應該已發現他不在房間，正在趕過來了解狀況吧？

是時候離開了，他原本想要重施故技將露絲亞打昏，然而半秒過後他有更好的主意。

「等一下、你要做甚麼——」眼見裙子胸前的裝飾絲帶被赤狐狠狠扯斷，露絲亞立即既羞既怒地喝止。

「放心，我還是個會先徵求淑女同意的紳士啊。」赤狐用絲帶將她雙手反綁在椅子上，這個可憐模樣真是相當屈辱啊，灰林鴞絕對會氣個半死吧？他看著這個最後的惡作劇，才心滿意足地跟露絲亞道別。

「再見了人類少女，真期待我們下次見面呢。」

※　※　※

整座城堡，一片死寂。

「有誰在嗎——」灰林鴞朝走廊大聲叫喊，回應他的只有無盡回音。

這夜的天空好黑好黑，不見月亮不見星塵，空氣淒冷得令人感到窒息。原本疑惑蹣跚的步伐，漸漸加速成不安的連飛帶跳，灰林鴞在城堡內連番奔走，沒想到本該熱熱鬧鬧的東翼也赫然空無一人。

書房沒有、大廳沒有、起居室與玄關、庭園與走廊也沒有——灰林鴞幾乎找遍城每一個角落，依舊找不到半個身影。

露絲亞、角鴞、照夜，誰都不在嗎……

「啊——」驀然一聲慘叫聲劃破寧靜。

灰林鴞立即回頭，遙望長長的走廊，盡頭淹沒在黑暗之中，全然看不見慘叫聲的來源。他一步一步往前探索，穿過大廳、途經廚房，輾轉來到樓梯的轉角——地牢的暗門怎麼打開了？

寒風悄悄鑽進心坎，強壓住內心的恐懼，灰林鴞緩緩拉開半掩的門，血的腥臭味馬上撲鼻而至。

「是誰在那裡！」他趕緊踏進地牢，回響耳邊的卻不是腳步聲而是水聲。

他不解低頭，赫然看見地上一片血海，一隻蒼白的手乏力地擱在血泊上一動不動，順勢而看，手的主人竟是照夜！

「照夜？妳怎麼了——」灰林鴞衝上前了解情況，沒想到才踏出了數步，便發現不只照夜，整個地牢滿佈了家僕的屍體，死狀不堪入目。

這、怎麼會……還未及從震驚中回神，一道身影倏地出現在通道的盡頭。

是赤狐。

「你就只會站在那兒發抖啊？」他站在露絲亞面前，眼神銳利卻又露出輕蔑的笑容。「魔王啊魔王，現在你知道自己有多無能弱小了嗎？」

說罷，他伸出手抓住了露絲亞的頸脖——

「不要！別傷害她！」

灰林鴞掙扎起來展翅衝前，前方的敵人瞬間杳然無蹤。

赤狐呢？露絲亞還有大家呢？

他一時間茫然不知身在何方，直到發現自己並不在城堡地牢——而是鴞族的邊境範圍，方醒覺剛才的畫面只是個夢。

然而太陽不曾因他夢醒而升起，跟剛才的夢一樣、跟那天悼念典禮一樣，周遭仍舊是個無月無星的黑夜。

只是個夢、只是個夢而已……悼念典禮早在幾個月前完結、露絲亞萬倖安然無恙、照夜的翅膀也早已痊癒、結界重新張開，沒有人能進去傷害她們——灰林鴞伸手甩走額上的冷汗，不停安撫自己，唯獨那個夢化作了餘悸，他的雙手正顫慄不已。

自典禮結束以來，灰林鴞不時做著惡夢。

他總是夢見空無一人的城堡、夢見身邊的人受傷、夢見無助和絕望。

如今他也已經重新投入巡邏工作數個月，那個陰霾卻猶如這次黑夜，漫長得沒有終點，攀附著整個森林揮之不去。

忽然幾名鷹鴞飛近，灰林鴞趕緊裝出平常沒事的樣子，聆聽他們的匯報：「陛下，吾等已徹底這一帶，並無發現魔女的故居。」

這數個月以來，除了巡邏外他們增添了一項工作，就是搜尋魔女的故居，那裡一定有解除詛咒的線索。

魔女的故居，就在那日月邂逅之地——自從先王遭受詛咒，鴞族便將這號人物從所有書籍中抹殺掉，又或是誇大她的惡行。城堡內鮮有關於魔女的紀錄，灰林鴞只能在僅餘的文獻中找到了這個線索。

年紀尚輕不受一眾魔族敬重、最強大的鴞族魔王實質虛有其名、還有赤狐族這個隱憂……要是能解除詛咒的話，所有問題都能迎刃而解吧？

「巡邏辛苦了，接下來由我值班搜索。」灰林鴞點名了幾位隊員，說明了這次搜索的範圍，正要行動時，卻發現大伙兒臉有難色。「怎麼了嗎？」

「吾等不明白陛下心急甚麼？巡邏是吾等的職責，陛下不用這麼勞心勞力。」鷹鴞們互望半晌，終於有一位站出來充當代表。「陛下只要捱得過成年禮就好，不是嗎？」

沒錯，只要小心翼翼等待成年禮那天來臨不就好了嗎——大伙兒都這麼認為，唯獨灰林鴞不是那樣想。

他要的不只是力量。

他要的是兩全其美。

「就是我們對其他魔族過份輕視，才會發典禮那天的意外。」灰林鴞感到壓迫，可是他不能跟任何人說。

要是他坦承不想傷害露絲亞，說不定又會出現一些他無法想像的事情，令露絲亞受傷害了吧？

「陛下最近每天都只睡半小時，這種狀態根本不能好好執行工作。」見灰林鴞似乎還想繼續勉強行動，鷹鴞們只好嘗試說之以理。「況且吾等已經出動了數月，是時候要回城堡匯報情況了。」

這麼一句，灰林鴞愕然環視一眾鷹鴞，這才察覺大伙兒不知何時都甚具疲態，他總算稍微冷靜下來，不再一意孤行。

「……我知道了，回去吧。」

灰林鴞跟巡邏小隊一起回到城堡，原本習以為常想要先往西翼一趟，可是思緒一轉，他打消了念頭。

這個時間露絲亞應該還在休息吧？更何況他也有很多需要處理的事務。

他繞過走廊不降落，索性飛到角鴞的書房外，打算直接由窗戶進去，沒想到聽見角鴞似乎在跟誰在交談。

「總之在下不會接受妳的提議。」

「可是，要是我能保護自己的話——」

「妳的任務就是安份守己乖乖活著，其餘事情根本不到妳管。」

是露絲亞？這個時間她怎麼還在東翼？

灰林鴞從窗戶跳進來，只見角鴞、露絲亞還有照夜身在書房，原本似是在討論甚麼，看到他以後便停下來恭敬行禮。

「魔王大人，我非常認真考慮過了，即使不能學習魔法，那麼一點點防身術也好，我希望能稍微保護自己。」露絲亞看見灰林鴞出現，立即提出她的想法。「我是魔王大人的祭品，我也想出一分力去守護鴞族的力量——」

話音未落，角鴞便不耐煩地打斷她的說話：「在下堅決反對祭品學習任何防衛，決不能有任何反抗的風險產生。」

雖然說鴞族的力量在露絲亞體內，可是當初「承傳」時還慎重地把力量封印在心臟，令她無法運用，目的當然是杜絕她挪用鴞族力量的風險。

從前露絲亞沒有這種自覺，現在她卻努力發掘自己的不足，她的積極自主有如大石一樣重重壓在灰林鴞心房。

原本露絲亞不該為此擔心。

遺憾他太弱小了，害她要費心耗神去嘗試自行彌補這種空隙。

全因為，他不夠強大——

「保護妳是我的責任，妳不用刻意改變自己。」灰林鴞按捺不住內心的焦躁，毅然拒絕。再說，露絲亞保護自己是為了確保自己能被他殺死，這也實在太無理了。

「可是，如果有人要利用我來傷害魔王大人的話……」

「我會轟走他。」灰林鴞斬釘截鐵地回答。「不管是誰，只要打算傷害妳的我都全力轟走他，這樣行了吧？還是說連妳也不相信我了？」

話畢，角鴞訝異地挑挑眉，連一直在旁低頭守候的照夜也立即投以關切眼神，半晌過後灰林鴞恍然才意會發生甚麼事，登時後悔莫及——他不曾用這麼重的語氣跟露絲亞說話啊！

書房瞬間陷入沉寂，只見一雙天藍眼瞳怔怔望著灰林鴞，露絲亞表情有點委屈，也有點欲言又止，全然猜不透她此刻的心情。

「既然陛下意決，小的就此告退。」此時照夜欠身，趕緊拉著露絲亞離開，溫柔地解開窘局。

灰林鴞欲想追上去道歉，角鴞也立即搬出了一堆文件，重重地放在書桌上：「陛下，這裡還有公文需要陛下盡快批閱。」

沒錯，他有很多責任要背負，即使現在追上去了，一句道歉究竟有何作為？

能防止赤狐族的陰謀嗎？

能保護露絲亞和照夜不再受傷嗎？

灰林鴞不忿地咬緊牙關，強迫自己留下來，跟角鴞一起處理事務。他現在要做的是爭取時間提升實力，不然再說甚麼都只會淪為漂亮的空話而已。

辦不到……仍然甚麼也辦不到。

他有著太多太多不足了。

悼念典禮後，灰林鴞才發現角鴞一直太保護他了，導致他對魔族之間派系與糾紛了解沒多少，他要盡快惡補回去。對了，他也要開始處理和接手各類公文、要掌握各個魔族的情報與弱點、還不能疏於各種練習和巡邏——

雜事一項接一項，亂七八糟地在腦袋和眼前盤旋紛飛，灰林鴞像與時間競賽似的，幾乎不眠不休地彌補進度。

直到夜深，灰林鴞的書房傳來了敲門聲。

咯咯咯。

好不容易才有時間研究破解詛咒的方法，卻一直沒甚麼進展，原本已經靜不下心的灰林鴞聽到敲門聲更是焦躁，他從一堆文獻和書籍抬頭，盯著房門不耐煩地皺眉。

「不是早說過了嗎？我不用餐了。」

「可是吃不飽會沒氣力工作啊？」

怎麼、這聲音不是露絲亞嗎？察覺來者是誰，他趕緊丟下手裡的筆記，衝上前打開門，看到露絲亞仍捧住餐點在門後等待，他暗暗鬆了口氣。

她沒有離開真是太好了……然而憶起上次在角鴞書房裡的事情，他又立即靦腆不已，不知道要如何打開話題。

「妳怎麼……」

「因為有點想和魔王大人聊聊天，所以來打擾了。」

對啊，他們好像很久沒見面了，有多久呢？他霎時間甚至想不起現在是何月何日。近來沒日沒夜地埋首研究，根本騰不出空檔——不，又或是，他心底也有點刻意迴避露絲亞。

沒有能力保護好她，還哪有面目和她見面？可是一碰面，又捨不得讓她離開。

看著那張甜膩膩的笑臉，灰林鴞總覺得有甚麼被擊敗了，他清清喉嚨掩飾尷尬，溫溫吞吞對照夜吩咐：「照夜可以在門外等候嗎？我們不會聊太久。」

照夜沒說甚麼，只默默欠身。

露絲亞尾隨灰林鴞走進書房，房裡的混亂程度令她大吃一驚，不只書桌，連地板也堆滿了筆記、文獻、書本，還有大量刪刪改改的魔法陣草圖。她全然找不著可以安心放下餐盤的角落，只好踮起腳尖，小心翼翼來到灰林鴞身邊跪坐，看著他埋首紙堆裡。

「魔王大人在忙甚麼？」她把餐盤放在大腿上，等了好一會也不見灰林鴞開動，索性主動將蘋果派分成一小塊一小塊的餵他。

「研究如何破解詛咒，只差這個部份了，只要弄明白的話或許我們就能再試試——這是甚麼？好甜！」他也自然而然地一邊解釋一邊張口接下，卻沒咀嚼兩口，便被甜得誇張的味道嚇了一跳。

「咦——會太甜嗎？」露絲亞也趕緊嚐了一口。「說不定是因為這次的蘋果已經很甜，看來下次要減少糖的份量才行……」

「等等、等等。」聽著她的碎碎念，灰林鴞半晌才搞清楚狀況。「這個蘋果派是妳烤的？」

「對呀，不過照夜也有在一旁幫忙。」她有點難為情地笑著回答。「原本打算給魔王大人打氣，可惜沒有烤好……」

灰林鴞沒再說甚麼，只默默接過叉子，一口接一口，很快就把蘋果派吃得乾乾淨淨，本來有點沮喪的露絲亞看著也不禁心滿意足了。

他呷了一口熱茶，又繼續剛才的解說，然而這次沒說到一半，便察覺到對方根本有聽沒有懂，連忙道歉：「對不起，一直長落落地解說，悶倒妳了吧？」

「不會啊，」露絲亞笑著搖頭，半晌又補上一句：「我覺得認真的魔王大人很帥氣。」

「妳、妳就別鬧了。」忽然一句稱讚，灰林鴞羞澀得撇過頭去。「這種程度還遠遠不夠……」

沒錯，他實在有很多很多不足，很多很多缺憾，做事還不夠乾淨俐落也未能獨當一面，怎可能稱得上帥氣？

還遠遠不夠，他要再努力一點、再拚命一點才行——

「魔王大人有空嗎？」露絲亞又忽然一句，然後放下餐盤拉著灰林鴞站起。「我帶魔王大人去看個東西好不好？」

灰林鴞沒有拒絕餘地，他發現從前就是這樣，只要對方是露絲亞，他就會乖乖被牽著走。究竟要去哪裡？他還要爭取時間研究破解方法，不然四小時後就要跟隨巡邏隊外出，一段長時間不在城堡的話會拖慢進度——

他內心湧現滿滿的行程，沒想到露絲亞只拉著他來到窗前，打開窗戶並遙指夜空。

「快看看，很漂亮對吧？」

——是極光。

就像一片巨大羽翼在夜空中緩緩拍動，亦猶如輕盈的透明羽毛迎風微晃，奇蹟般的光芒照亮了這個寒夜。整片森林被黑夜覆蓋，寂靜而沉穩，世界彷彿停頓了，只有極光在提醒時間仍然流動。

好像有一段時間，沒有停下來仔細欣賞極光……方才的煩惱不知不覺間被極光淨化了，眼前只剩下這片神秘絢麗的景致，灰林鴞看得呆呆出神。

「我最近一直努力，希望變得更強。」心情稍微放鬆，他便不自覺吐出執念與心事。「我想要成為能守護大家、能守護妳，真正名副其實的魔王。」

可是別說保護別人，現在他連自己所擁有的一切都很可能被搶走。這些年他以為自己還是變強大了，變堅強了，最後原來甚麼也沒有改變——

「是的，魔王大人一定會成為那樣厲害的大人物！」正當他愈想愈消沈，耳邊忽然響起了這句說話，他回望房內，便看見露絲亞一臉認真。「因為魔王大人一直很努力、很努力、非常非常非常的努力！」

灰林鴞有點哭笑不得，也更內疚了。明明他前陣子不分情由地鬧脾氣，還丟下露絲亞自顧自忙東忙西，她卻把那些疙瘩瞬間忘光了似的，不僅繼續陪伴和關心，還無條件的相信他能辦到任何事。連他也沒信心到達的未來，為甚麼她卻説得言之鑿鑿？

「所以不要把自己迫得太緊了……我實在非常擔心魔王大人，最近都不眠不休、不吃不喝，這樣反而會弄巧成拙吧？」她小心翼翼地表達，灰林鴞這下才理解她今夜出現的原因。「前面還有很漫長的路要走，在這之前先累倒的話可不行。」

即使從沒開口跟她説，露絲亞仍然能感受他的焦慮，他多日以來的繃緊和偽裝，被她幾句關懷就立即瓦解粉碎。想要喘息又不敢妄然停下，也沒辦法透露內心的不安，灰林鴞一直壓抑到現在，真的有點累了。

「我真的很害怕……那種事我不想再看見了……要是我再強大一點，妳就能安心依靠我了吧？」

明明赤狐還可以做出更過份的事卻偏偏留白，目的就是要他幻想，繼而恐懼。只要稍微回想當天地牢的情景，灰林鴞的手便不由自主地顫抖，驀然露絲亞的手覆蓋其上，微小的溫暖悄悄融化著他內心的陰霾。

「我也希望魔王大人能稍微依靠我，一直催逼著自己，不會很辛苦嗎？可以的話，我——」

「只要是魔王，妳就會這樣奉獻嗎？」

當她的喜歡撇開接近宗教式的瘋狂崇拜後，還會剩下多少？

是不是只要冠上魔王的名銜，不管是誰，她都會這樣笑著奉獻？

露絲亞呆掉沒反應，她大概無法理解這種糾結吧？

「對不起，是我太累了，這怪問題別放在心上。」灰林鴞深知自己問了不該問的，趕緊打圓場。「我一直都會是魔王啊，妳也不用急著犧牲自己，只要伴在我身邊就可以了。」

「我會啊，我會一直一直在魔王大人身邊。」她總算回神過來，仰望著遙不可及的極光，語氣變得很輕很輕。「雖然我無法以這個形態陪魔王大人太久，不過我會化成力量，換個形式陪伴著魔王大人，這樣也不錯。」

不要擅自決定結局啊。

不要說得，會立即消失不見一樣……

灰林鴞伸手輕捧露絲亞的臉龐，溫柔的、細膩的，一遍又一遍的撫著。只見天藍的眼眸帶點疑惑卻又純真，輕易便瓦解了他的心防。

「在極光消失之前，不要叫我魔王好嗎？」

即使是自欺欺人也好，他希望這刻與露絲亞放下祭品與魔王的身份，普通地相處。

「這樣、灰林鴞大人？」

「也不要大人。」

「……灰林鴞。」

「很好，露絲亞。」

灰林鴞笑了，露絲亞卻有點茫然。

她不自覺將手放在胸前，感受著莫名澎湃的心跳。明明眼前是相同的人，相同的笑臉，為甚麼只是換了個稱呼，心臟便因此怦然躍動不已？

這是甚麼感覺？

有些東西好像變得不一樣了。

例如說，空氣變熱了。

露絲亞有點不知所措正想詢問，灰林鴞卻驀然湊近——

「嗚哇！」

砰碰！砰碰——

聽見書房傳出了吵雜聲，照夜趕緊跑進來查看情況。只見灰林鴞昏倒了，整個人失去意識壓在露絲亞身上。突如其來的重量害露絲亞沒法站穩，結果被受牽連一起摔在地板，還推倒了層層疊疊的書本。

「魔王大人他、他還好嗎——」

※　※　※

灰林鴞連日以來累積了不少疲勞，結果撐不住昏倒了。角鴞是這麼說，灰林鴞巡邏時總是弄得七勞八傷，回來後又一堆公務纏身，即使再多覺悟，身體終究還是非常的累。

後來灰林鴞被送回睡房休息，露絲亞則自發留在書房裡打掃收拾。可是她現在捧著一疊雜亂的紙張和筆記，看到灰林鴞密密麻麻的字跡，眉頭便不自覺緊皺在一起。原本想要勸說他好好休息，結果還是來不及啊……

照夜看著她一臉愁容，欲言又止了好幾次，最後還是出言安慰：「陛下只要休息數天就會恢復精神。」

「謝謝照夜，我會加油工作！」原本在放空的露絲亞趕緊回神，笑著回話。「把書房整理好，魔王大人好起來之後也能順利研究吧？」

她正想要把筆記放到桌面，豈料寒風吹來，好不容易收集整齊的紙張又再度吹散一地。

「啊——不好了！」竟然忘記先把窗戶關上！

露絲亞連忙跑到窗邊，明明沒多久之前她才在這裡跟灰林鴞聊天……剛才的畫面一幕又一幕在眼前閃過，她的心臟便好像被甚麼勒住了一樣。

只要是魔王的話，妳就會這樣奉獻嗎——

灰林鴞的聲音縈繞耳邊，直到現在，露絲亞仍然不知道要怎麼回答。如果她從來沒見過赤狐，她說不定就能萬分肯定地回答「魔王就是你呀」。

然而現在她知道了，魔王不一定是灰林鴞。

魔王是魔王。

灰林鴞是灰林鴞。

如果灰林鴞不再是魔王，而是其他人呢？例如是角鴞、東翼任何一位家僕，甚至是那個可惡的赤狐，她也要對另一個冠上魔王名銜的人，做出對灰林鴞一樣的舉動嗎？

風又再吹來，寒意無聲攀附在骨骼、滲進了血液，徹底凍結了思緒。

「照夜，我想不通。」

照夜見露絲亞又再發呆，便默默上前幫忙關上窗戶。當來到她身邊，她便忽然說話了，而且神情相當懊惱和不安。

「我似乎把灰林鴞與魔王混為一談了，呃、雖然灰林鴞的確是魔王沒錯，可是、這樣好像有甚麼不對……」

不行。

不是灰林鴞的話，不行。

單是想像她已深感不安，她沒辦法心甘情願為灰林鴞以外的人奉獻生命。

可是，這不對吧？

不論魔王是誰，她都得全心奉獻。她必須忠誠的對象是穩坐王位的人，不管是誰，她也得成為那人的祭品——為甚麼她忽然覺得這種事好可怕？

不明白，她不明白。

這是甚麼心情？

照夜默默看著努力地表達的露絲亞，內心百感交雜。

一直以來，露絲亞不知道的事情，照夜全都知道，只是她不能說。

即使露絲亞尋找的答案在他人眼中早就清晰無比，即使照夜心底很希望坦然告之——

「妳的心情和想法有很重要嗎？」

露絲亞猛然抬頭，跟隨照夜一起望向房門，便見角鴞不徐不疾地走進來，單刀直入否認她的疑問。

看著一臉無辜的露絲亞，角鴞表情閃過一絲厭惡，他才剛安排好巡邏隊的調配，接著便來書房取走需要的公文，一堆雜事要趕著代替灰林鴞處理，沒想到此時就碰巧聽見露絲亞的少女心事。

這種無聊透頂又危險極致的心事。

「陛下必需守住家族的名聲與勢力，才能保住大伙兒的性命，若然妳的情緒或想法令陛下捨不得殺妳，後果妳能想像嗎？」

角鴞一字一句鏗鏘有聲，重重敲進露絲亞內心，她不自覺想起了赤狐的說話——魔王不一定是灰林鴞，稱霸魔界的不一定是鴞族，只要有能力誰也可坐上那個寶座。

如果灰林鴞捨不得殺她，沒繼承家族力量，自然也沒辦法對抗前來挑戰的敵人，這會有甚麼後果？根本不難想像。

鴞族會沒落，灰林鴞會死。

不只灰林鴞，照夜、角鴞、還有一直照顧她的所有人，全部也會因她自私又無謂的心情而死。

「妳是祭品，注定要受陛下賜死，這個事實陛下屢勸不聽，現在希望妳比陛下懂事。

若然妳重視陛下，想為陛下分擔，那就把一切會影響成年禮的東西丟棄，做個安份守己的祭品。不要成為陛下的負累、不要害陛下受到更多潛在威脅，這些妳辦得到吧？」

話畢，角鴞沒等露絲亞回答，找到需要的文件後便頭也不回地離開。

照夜對著遠去的背影欠身，然後向露絲亞投以關切的目光。只見她在原地愣了半晌，才回神過來繼續默默工作。

兩個女生沒有交談，各自做著自己的事情，書房內持續靜寂了一段時間，露絲亞終於打破沉默開腔。

「照夜，待書房收拾好，可以陪我去探望魔王大人嗎？」說罷，露絲亞立即緊張兮兮地補充。「我只是、單純想要看看他的情況——」

「好，我們一起去。」沒想到照夜會一口答應，她登時鬆了口氣。

原來自己的想法對灰林鴞而言是多麼危險，她內心沉重不已，而工作也在心事重重之下結束了。露絲亞忐忑不安來到灰林鴞的寢室，便見寬敞的大床上躺著一名沉睡的少年。

她小心翼翼坐到床邊，靜靜望著灰林鴞沉穩的睡顏，才發現這個的身影並沒有她印象中般硬朗健碩，卻仍舊背負著很多東西。

如果灰林鴞不再是魔王，那他是誰？

就算被角鴞喝止了，她也沒辦法阻止自己思考。撇開所有身份，灰林鴞是她在世上最依依不捨、最在乎的人。

渴望與他更加親近，只要有他在就好。

這份難以言喻的心情在她察覺之前，原來早已存在，就在很久以前，在西翼庭園遇見他的那秒鐘開始。

露絲亞深陷無法釐清的思緒之際，原本昏睡中的灰林鴞也有點動靜。一雙灰瞳緩緩睜開，率先映入眼簾的是露絲亞乍驚乍喜的表情。

「魔王大人醒來了！」

「小的去通知角鴞閣下。」

眼見照夜急步離開，灰林鴞的腦袋也愈來愈清醒了，他欲要追問，露絲亞已為他解說：「魔王大人早陣子在書房累倒了，不用擔心，角鴞老師已經代為處理大部份事務，魔王大人唯一要做的只有好好休息。」

看到露絲亞一臉擔憂，灰林鴞卻有點五味雜陳，不知道要不要高興，她是為「魔王」擔心，還是為「灰林鴞」擔心？

「魔王大人不要太勉強自己啊。」露絲亞一臉悵然地勸說。「角鴞老師說，現在的魔王大人已經熟習了能力，根本不用這樣催迫自己，只要等成年禮把我體內的力量——」

「所以我才要努力。」

「咦？」

「沒甚麼。」

露絲亞無法理解灰林鴞的堅持，只好一再強調：「我實在……很擔心魔王大人。」

「沒事的，畢竟有太多事情還沒完成，我可不能就這樣倒下。」然而她仍眉頭不展，灰林鴞便索性順著她的消極，半自嘲地開玩笑。「說起來，要是我死了，魔王的位置很可能會轉交給角鴞吧？」

他以為露絲亞會一臉好奇，甚至喋喋不休地追問皇權易主的事宜，豈料沒有，一雙天藍眼睛只怔怔的看著他。

不是你的話，我不要——險些衝口而出的心事，被露絲亞強行吞回肚裡。

她覺得胸口好像捱了一刀，好痛好痛。即使是小時候解開詛咒失敗，或是在森林遭魔物襲擊，至今以來受過的傷害，都不及灰林鴞的誤解多麼令她痛心徹扉。

不過，忍下來吧，吞下去吧。

重要的不是露絲亞。

重要的是灰林鴞。

那個遙遠的未來先不說，現在灰林鴞就因為研究破解詛咒而摒棄休息，累壞了自己。

角鴞說的是事實，也是她的職責，是她必須辦到的事。

一直以來她也渴望為灰林鴞分擔重擔，而如今她終於找到了付出的方式。別成為他的負累，別害他受到更多潛在威脅，她身為祭品就必須要把一切令魔王為難或心軟的心情摒棄。

為了他好，必須辦得到。

甚麼都不做、不聽、不聞，不去作多餘關心、不去表達自己的想法，這樣的話……是不是對魔王大人比較好……

「魔王大人、現在好好的在這裡，的確是我過份緊張了。」露絲亞強迫自己微笑，遺憾淚水失控地湧現眼眶。「對不起、打擾魔王大人休息，我失陪了……」

她自覺再也強忍不來了，立即匆匆轉身離開。就在邁開腳步的剎那，突然一股蠻力拉著她的手，她整個人隨即撞進一個溫暖的懷抱。

「妳為甚麼哭了？」灰林鴞將她緊緊鎖在懷內，語調如他的動作一樣強硬。「告訴我，妳為甚麼哭了？」

灰林鴞第一次看到露絲亞哭，沒想到這句玩笑會惹得她如此氣憤。

可是，為甚麼她生氣了？

因為她在乎的，並不只有「魔王」嗎？

「妳在想甚麼，我想知道，求求妳告訴我。」灰林鴞極度渴望聽到一直不敢奢想的回覆，他嗅著她的髮香，靜靜等待，可是懷裡的少女只一味啜泣，甚麼都不肯說。

淚水決堤般泱然落下，沾濕了髮絲、沾濕了臉龐，露絲亞窘困地雙手掩臉，不願有半分空隙看到灰林鴞的表情，深怕一看見，她便會心軟。

不能說。

為了他好，就甚麼都不要說。

「魔王大人，可不可以放我離開……」

「不可以。」

「魔王大人……放過我好嗎？」

「對啊，妳放過我好嗎？」

露絲亞快要承受不了他的央求，清脆的敲門聲打破了這個困局，她頃刻推開房門衝出走廊，無視了門外的角鴞與照夜。

「這樣結束不好嗎？」灰林鴞正想要追上去，沒想到背後傳來角鴞冷淡的勸說。「哪個獵食者會跟獵物培養感情？」

焦慮的步伐漸變緩慢，最後灰林鴞佇足不動。

「為甚麼她是祭品。」

「因為人類不像魔物誕生時已有既定能力，能將任何東西灌輸進去——」

「我在問，為甚麼是露絲亞。」

「因為她與陛下同時出生，能夠代替陛下接收鴉族的力量——」

「這些我都知道！我是問哪個誰不選，為甚麼偏偏要選上露絲亞！」

為甚麼命運要選上她。

灰林鴞很想抓露絲亞回來，很想質問角鴞究竟對她說了甚麼，然而他費盡氣力阻止了所有行動。

沒錯，保持這個距離就好。

在找出不會傷害她的方法前，他身為加害者有甚麼資格說喜歡，又有甚麼資格挽留。他只能看著照夜代替自己，追在露絲亞身後，然後消失在走廊盡頭。

照夜一直跟在露絲亞身後，由奔跑直到漫步，她們最終回到了西翼。一如她們日常的互動，露絲亞屈坐在廚房的窗台，看著窗外漆黑一片的夜空發呆，照夜則默默做著家事，誰也不打擾誰，卻又互相陪伴著對方。

「照夜，偷偷跟妳說啊，原來我不知不覺地非常在乎灰林鴞，是那種即使他不是魔王，我還是願意為他奉獻的那種在乎。」未幾，露絲亞亦一如以往，喃喃地告知照夜她的每個新發現。「然後、就在剛才，我差點就忍不住告訴他……還好最後我沒有說出來，不然害他不忍心殺我，大伙兒會很懊惱吧？」

她剛剛才稍微察覺到自己的心意，然後一切就要結束掉了……忽然廚房內香氣盈溢，露絲亞從沮喪的情緒中稍微抽離。回望廚房，只見照夜端出了一個金黃可口的蘋果派，她好不容易止住的淚水，又因此奪眶而出。

「我覺得很幸福，是真的，能夠為魔王大人奉獻、能夠為灰林鴞奉獻，我真的、是全魔界最幸福的人類啊！」

對啊，她真的很幸福，所以就把這個不容直視的謎題好好收在心坎吧。

因為他們注定是悲劇。

因為他們不得不分離。

第5章 牽絆與分歧

第5章 牽絆與分歧

澄白的新月蘄露夜空，映照著一隊完成巡邏的鷹鴞，風塵僕僕地飛進城堡中庭。

「巡邏辛苦了，我還有事務處理，就此解散。」雙腳才剛著陸，還沒卸下裝備，灰林鴞只拋下一句便匆匆離開，留下一眾鷹鴞們面面相覷。

沒時間寒喧了，接下來他還得回書房補完巡邏紀錄、批閱公文、整理和修復巡邏隊的裝備、訓練新加入的鷹鴞……他分神不停思索接下來的工作排程，直到淡淡的花香撲鼻，才恍然回神過來。

只見平日被火炬薰染成殘黃的走廊，不知何時掛上一圈圈散發著淡粉色光芒的花環。花香怡人，喚醒了埋藏在灰林鴞腦海深處的記憶，疲累的臉龐淡淡浮現一抹苦笑。

某個童年的深夜。

某次任性的冒險。

某位同行的女孩曾經說過，希望把這些會發光的花朵帶回城堡。

一切一切仍然歷歷在目，彷彿只是幾個月前的事而已——怎麼轉眼間，成年禮就已經迫在眉睫了？

「花環好漂亮啊，沒想到那個人類還是有點貢獻嘛。」

原來這真是露絲亞的主意嗎？灰林鴞在走廊旁遇上幾名正在裝飾花環的女僕，聽見她們的聊天內容提及到他在意的人，便不自覺佇足細聽——

「雖然如此，但還是趕快死一死比較好。」

「對啊，趕快到月圓吧，然後宰掉那個卑賤的人類——」

「她不是卑賤的人類，而是鴞族珍貴的犧牲品。」話音未落，灰林鴞已忍不住上前打斷她們的對話。「至少是個我們該尊重的存在，這很難懂嗎？」

沒料到會被魔王不悅叱責，更沒想到魔王會維護祭品名聲，女僕們登時慌惶失措不懂對應，甚至不慎把花枝散落一地。此時有人伸手把花朵拾起，原來是負責監督祭典進度的角鴞，他巡視至此，剛好撞見了這幕。

「那邊人手不夠，妳們快去幫忙。」角鴞將隨手拾來的花朵重新放回花籃，並順便支開女僕。

難得有人為她們解窘，女僕們立即唯唯諾諾地跑遠了，寬長的走廊轉眼只餘下一主一僕。

「陛下回來得正好，在下現在報告有關成年禮的雜務安排。」角鴞恭敬行禮，並取出眼鏡與記事本，打算逐項細節與灰林鴞交代。

「別來問我，你高興就好。」灰林鴞不耐煩地皺眉，只隨便敷衍一句便轉身離開。

「懇請陛下抽空兼顧成年禮事宜。」然而沒走幾步，角鴞果然如他所料，沒有就此把話題打住。「這不僅是鴞族的榮耀大事，也是陛下的重要儀式，連那個人類祭品也在祭壇協助佈置，在下認為陛下亦應表現得在乎一點。」

聽罷，灰林鴞內心刺痛不已。

哪會有獵物滿心歡喜地裝飾砧板，然後滿懷感激地躺在其上，期待自己被宰割？再沒有比這個更荒謬、更扭曲的事了。

最可笑的是，他根本無從說服露絲亞——自十三歲病倒的那天之後，他倆幾乎不曾碰面，也鮮有交談。如今他們已經十六歲了，明明住在同一座堡壘，這些年來他卻只大多靠著家僕們不經意透露的消息，得知露絲亞近況。

「比起成年禮，還有更多更要緊的事情等著處理吧？」

「恕在下愚昧，陛下在急躁甚麼？」

「不就跟你說過了嗎？最近魔界發生很多不知明的襲擊，大大小小的魔族被一舉殲滅，我們必須加緊巡邏和調查——」

「物競天擇，適者生存，魔族不夠強大自然會沒落。」莫大的謎團和隱憂正在悄然膨脹，角鴉卻要他不用擔心。「再說，陛下重獲先祖的力量後更是無人能敵，無須為這點小事費神。」

沒錯，只要乖乖迎接成年禮就好。

屆時不管是誰發動突襲，甚至是更可怕更巨大的陰謀或戰爭，灰林鴞也能處之泰然，一切外憂內患輕易解決，他根本用不著為此等小事煩心。

然而這不是灰林鴞所渴望的結局。

他要的不是力量。

他要的是兩全其美。

眼見灰林鴞憤憤不平的神情，角鴉一雙金黃眼眸始終平靜如水，表情不帶任何溫度，卻又似是在考量甚麼。沉默半晌，他還是決定直接道破灰林鴞不願面對的現實：「恕在下直言，祭品必然要為鴞族犧牲。」

冷凜的目光代替了言語，灰林鴞狠狠盯著他。

「這個世上並不存在奇蹟，若然找到解開魔女詛咒的方法當然皆大歡喜，可是陛下努力那麼多年，成功了沒有——」

話音未落，灰林鴞倏然有所動作。

他伸手捏住牆壁上的花環，綻放的粉色花冠瞬間褪色凋萎，最後化成乾枯的粉末，如雪般徐徐飄散。

角鴞看著這位即將成年的魔王，驀地感到他的身影與那夜站在西翼廢墟裡的孩子重疊了──

憤恨、孤寂、充滿不安。

「角鴞，你問我成年禮的意見對吧？」灰林鴞如他所願認真回應，然後頭也不回邁步離開，隱沒在昏暗的走廊盡頭。「我的意見是，如果不想搞垮，就別再刺激我了。」

這次角鴞沒有阻止，只佇立在原地，默默朝向那個沉重的背影行禮。

心事重重的灰林鴞漫無目的在城堡內亂逛，本想靜心下來才回去處理事務，卻不知不覺來到那條熟悉不已的通道。

只要再走一段路，便會抵達西翼。

鼻腔瀰漫著濃重的植物與冰雪氣味，暫緩了他紛亂的思緒。整座城堡，大概只有這裡沒有布置了，然而跟前厚重的積雪，久久仍未印上新的步伐，灰林鴞就在這個雖遠猶近的距離遲疑不決。

……今天去看看，應該沒問題吧？

要是露絲亞在東翼籌備成年禮，那麼他躲在西翼稍息便最適合不過了，不然碰面的話，她說不定會很為難。

掙扎到最後，灰林鴞厭倦了思考，豁然踏上令人懷念的道路，輾轉來到充滿回憶的庭園。地上混雜枯葉的厚重積雪、肆意四處伸展的藤蔓樹枝、寒風中揮之不去的冰雪氣息——時隔數年，西翼仍舊如記憶中般荒涼。

可是即使如此，也有些東西始不復見了，像是某個堆在角落的雪人、某列細碎的的足印、某道纖細的身影、某抹能融化冰霜的甜笑——直到內心的劇痛與快樂扭合成嘴角浮現的笑容，灰林鴞恍然發現，重遊故地是一個非常錯誤的決定。

這些年來，魔王與祭品展開了一局漫長的捉迷藏。

露絲亞刻意避而不見，幾乎躲在西翼；灰林鴞也頻密外出巡邏，不多回到城堡。她倔強疏遠；他索然迴避，明明曾經那麼密不可分，為甚麼現在會發展成這個局面？灰林鴞也答不上來。

強行見面當然可以，可是碰面之後呢？不管是魔女的故居，抑或解破詛咒的術式，哪邊都毫無進展。

結果還是甚麼也沒改變。

甚麼意義也沒有。

算了。

回去吧。

他回頭，一名金髮藍眼的少女便映進眼簾。

只見露絲亞小心翼翼踏著他的足跡，想要走向西翼大樓，萬萬沒想到會在庭園瞥見她日思夜想，卻又日夜迴避的少年，不由得愣在原地。

時隔數年，魔王與祭品再次在庭園相遇。

這夜彷如那天黃昏，胸口悸動如昔，唯獨少女不再熱情跑近。

露絲亞輕呼出一口白霧，手足無措地後退幾步，低頭躊躇了一會，還是決定轉身逃跑。

「等一下——」幾乎是立即，灰林鴞展翅趨前。

沒有能力保護好她，還哪有資格說喜歡、哪有面目和她見面？

可是一碰面，又捨不得讓她離開。

月夜之下，少年寬大的手掌及時拉住少女柔軟的手。

曾經迴響著二人歡笑聲的西翼，如今只餘下一片沉寂。深灰的眼眸熱切凝視，天藍的雙瞳羞澀遊離，他倆就這樣牽著手又無言以對。

半晌過後，露絲亞還是決定找藉口離開：「我只是過來取點東西，照夜還在祭壇等我，先走了——」

灰林鴞正要開腔挽留，搶先發聲的卻是他的肚子。

咕……飢腸轆轆的聲音傳進二人耳中，他才記起剛巡邏完回來，甚麼也沒來及吃。

嗚啊，真是糟透了！他正為自己不爭氣的腸胃而羞窘，卻驀然發現露絲亞正鼓著腮子，滿臉通紅。不知道是在強忍笑意，還是努力把擔憂壓下去，總之她就像努力忍耐著甚麼，整個人也微微發抖。

灰林鴞看著，無奈感湧現心坎。

這幾年即使難得碰面，露絲亞總是冷冷淡淡立即轉身就跑，每次都害他非常失落。現在可別跟他說，她每次扭轉臉龐的時候，其實就是擺出這副可愛得讓人想親下去的表情啊？

為甚麼要倔強到這地步，這到底是誰在折磨誰了？

「嗯啊，我肚子餓了。」灰林鴞索性坦承，事到如今將錯就錯好了。「對了，我想吃蘋果派，能烤給我嗎？」

露絲亞呆了良久才反應過來——不，該說是終於找到了拒絕的理由，表情僵硬地回答：「可是、西翼沒有蘋果了……呃、說不定東翼會有？」

看到她如此差勁的演技，灰林鴞忽然能理解為甚麼這幾年間她總是連見面也不願意，現在說不定戳她臉頰幾下，甚麼心事也統統吐出來。

灰林鴞沒好氣地笑了笑，雖然很想知道她在想甚麼，可是此刻他更渴望的是——

「那麼，一起去東翼廚房看看吧？」灰林鴞的手收緊了一點，像是不容許拒絕似的，強勢地牽著她走。「妳來幫我挑蘋果，然後回來西翼烤給我。」

他現在最希望的，還是她不要再從身邊逃開，即使再匆忙再短暫，他也希望好好相處一會。

「咦、可是、被大伙兒看見、或是被角鴞老師知道的話——」話音未落，露絲亞便看見一個魔法陣在他們的腳下浮現，而且久久未有消失。

「現在誰也看不見我們，這樣安心了嗎？」魔法陣有點狹小，灰林鴞由拉著她轉為並肩而行。「別鬆開手也別走出陣式範圍，不然會被人發現啊。」

再爭論下去，灰林鴞就要餓壞了……想及此，露絲亞只好把抗議吞回去，默默被他牽著走。沒關係，只要趕快完成任務，她就可以逃得遠遠了吧？

她很想加快一點步速，無奈就只有她一個在焦急，灰林鴞的步伐刻意不急不趕，拉拉扯扯之下他們好不容易來到東翼廚房。

「這裡好多女僕在忙……」露絲亞眺望放著蘋果的流理台，雖然距離不算遠，可是女僕們來來往往的，她不禁臉色刹白了。

「就跟妳說，她們看不見我們啊。」灰林鴞神色自若地輕笑，毫不猶疑拉著她走進去，俐落地躲開人群，轉眼間已取走了整籃蘋果——

「喂，這樣不行！」

突然一聲喝止，嚇得二人心臟漏跳了一拍。

「就跟妳們說這食材要小心處理才行！」他們回頭，只見女僕長原來正在教導女僕，她支著腰，看起來要求甚嚴。「陛下巡邏很辛苦，在外頭又老是沒有好吃的，我們要烹調出最好的料理，好等他體力恢復，支撐整個成年禮！」

聽罷，灰林鴞臉色一沉。

此時有名女僕走近，沒多久便發現不妥：「哎呀，怎麼不見了？我記得蘋果是放在這裡啊？」

這次真的被發現了——他們甚有默契轉身就跑，露絲亞甚至比他還要著急，閉目閉氣加緊腳步，直到拐了個彎才大大的鬆一口氣。

「妳也太誇張了，有那麼緊張嗎？」

「呼……好像在玩躲貓貓一樣。」露絲亞拚命點頭，堅張過後反而樂呵呵地傻笑。「小時候曾經幻想，要是能在東翼玩躲貓貓一定很有趣啊，沒想到還真的會有這天！」

看到她毫無忌諱的笑容，灰林鴞的陰霾悄然消散，然後他驀然發現——她是不是有點高興過頭，忘記裝冷淡了？

「這次繞到中庭那邊吧。」他不禁偷笑一下，溫柔抹走露絲亞額上的汗珠。「鷹鴞們大概已經在訓練，不會到走廊走動，我們也好走路一點。」

粗糙的手背碰上額頭，露絲亞這才反應過來，慌忙板著臉。不好了，果然一不小心，她努力裝出來的冷淡便徹底破功，她必須再謹慎一點才行！

要趕快完成任務，縮減相處時間，不然她強壓下來的那份心情就可能被悉破——可是當她經過中庭，腳步便不自覺停下來。

只見一批比她年輕的小鷹鴞們，做著各式各樣的體能訓練，看起來非常筋疲力竭，可是導師似乎還沒打算讓他們休息。

「你們不是立志以陛下為目標嗎？陛下像你們這種年紀時，已經在外頭獨當一面了！」那位導師對著幾名癱在地上喘息的小孩喝罵，沒想到真的奏效，紛紛咬緊牙關爬起來。「給我認真一點，萬一成年禮有甚麼差池，你們擔當得起嗎！」

這次灰林鴞一聲不響，直接拉著露絲亞離開。

他費解，為甚麼整座城堡都繞著成年禮轉似的？

整個世界，彷佛與灰林鴞背道而馳。

每位途經身旁的家僕，臉上全都不經意掛著笑容，話題總是離不開成年禮。即使因為籌備工作而忙碌不已，大伙兒的步調依然輕盈雀躍。

城堡裡一片喜慶歡騰，唯獨身為關鍵人物的灰林鴞，卻在這片欣悅的氣氛中顯得格格不入。

他仰望夜空，那抹彎月彷彿也在倒數那個日子的來臨。

「——太好了。」

「甚麼？」

沒想到甚至露絲亞也仰望月亮如此欣慰，灰林鴞頓時失落極了。原本想要與她愉快約會，到現在灰林鴞只覺得今夜的城堡是一場惡夢——

「魔王大人，在這個城堡也不再孤獨了。」耳邊飄來的聲音輕軟而震撼，灰林鴞錯愕地望向露絲亞，只見她安心地微笑起來。「不這樣接觸也不知道啊，大家終於看見『灰林鴞』，而不是只有『魔王』了。」

灰林鴞只聽見成年禮，露絲亞則聽見大伙兒對他的信賴和關心。

原來露絲亞還記得他年幼時的心事，甚至比他更在乎。

「那麼，妳把我看待成『灰林鴞』，還是『魔王』呢？」

他順著話題，也有點衝口而出，只見露絲亞張開嘴巴正要回答，卻沒有接下去。她低頭瞄瞄彼此十指緊扣的手，臉頰頓時一片通紅，這個微妙的變化灰林鴞當然收進眼底。

遺憾的是，這個問題依舊得不到答案，同時也踐踏了她暫時妥協的底線。

「既然、既然廚房也在準備魔王大人的料理，看來也不需要蘋果派了。」露絲亞支支吾吾地找藉口，然後把那籃蘋果放到地上。「這場躲貓貓，我不玩了——」

「這場躲貓貓結束了，我們的躲貓貓何時才能結束？」

正當露絲亞匆忙跑出魔法陣，背後便傳來沙啞苦澀、筋疲力盡的聲調，緊緊綁住她的腳踝般，令她頓時停下腳步。

「成年禮、魔王、祭品、鴞族、力量，不要再因為這些逃避我了。」雙牽的手不曾鬆開，灰林鴞索然褪去潛行術，順勢將她拉回來，懇求她正視自己。「我不求甚麼，我只想在最後的日子和妳好好相處，可以嗎？」

魔王的願望，一直以來都很卑微。

他只是想好好守護一個人類女孩，為甚麼會如此無能為力。

他不希望露絲亞死，這些年來他耗盡心思增強實力還有穩固領土，遺憾他仍然沒辦法掌握自己的命運，他所追求的力量中，沒有一種能阻止這個結局來臨。

他無法放開，也無法捉緊這個女孩，何時開始他變得如此進退失據。

驀然，掌心傳來了羽毛般的觸感，拉回灰林鴞的思緒。

露絲亞低著頭，細軟的指尖輕撫他手上的傷痕和繭，彷彿感受著他這些年來的辛勞。她半張的眼簾裡幾次泛起了淚光，後來又悄悄褪去。

良久，她打破沉默，笑著提議：「我帶魔王大人去看個東西，好不好？」

露絲亞的請求，灰林鴞從來沒有拒絕餘地。她拉著灰林鴞走進西翼主樓，攀過螺旋樓梯，輾轉來到衣帽間，一條純白無垢的長紗裙便呈現眼前。

「這是我成年禮的禮服，我跟照夜足足縫製了半年啊，漂亮嗎？因為聽説歷代祭品都是光著身子……」説及此，原本説得興高采烈的露絲亞不自然地偷瞄了他幾眼，臉頰立即羞紅得像蘋果。「可是絕對、絕對不行！我希望打扮成最漂亮的模樣去迎接成年禮，幸好角鴞老師也同意——」

話音未落，驀然一道蠻勁將她按到牆上。

「這不是值得高興的事吧？」回神過來，灰林鴞那張眩然欲泣的臉已近在咫尺，灰瞳內充滿疑惑與不忿。「難道這些年來，世上沒有令妳留戀，令妳想活下去的事物嗎？」

「……從來魔王大人都是我的一切，能夠為魔王大人死，我無憾。」露絲亞被困在臂彎內無處可逃，只好撇過頭去作出最微弱的抵抗，然而周遭始終籠罩魔王的氣息，考驗著她的理智。「不用為我難過啊，只要帶著魔王大人給我的愉快回憶，化成貢獻鴞族的力量，這樣就好了。」

沒錯，這樣就好了。

這個世界，再沒有誰比灰林鴞重要了。

魔王有他必須面對的事情，而她身為祭品也必須令魔王無後顧之憂。即使這樣會把彼此的距離推遠，她仍然想要分擔那份的沉重責任。只要把那份心情留白，只要永遠不說穿，灰林鴞便能有所退路。

「別急著為魔王奉獻啊，妳能不能稍微在乎一下自己？」

「這樣的話……我希望魔王大人會遵守承諾，讓我死時不要那麼痛。」

她首先割開自己的胸膛，用血凝結出鋒利的言語，然後刺進灰林鴞的心臟。房間內陷入死寂，彷彿連空氣也化成了利刃，一呼一吸盡是疼痛。

灰林鴞不自覺伸手，珍而重之地擦拭著露絲亞的臉龐。他深怕太用力懷中的女孩便會粉碎，然而不觸碰又恐懼她就此消失不見。

「沒關係……即使妳不在乎也沒關係，我來替妳在乎就好。」終於，他決定讓步了，不再逼迫露絲亞說出真相。「我答應妳，妳要求甚麼我都盡力去辦。不過在這之前，讓我再努力一下吧？說不定最後能解開魔咒啊……」

這個世上最沒資格希望露絲亞活下去的人，或許就是他自己，偏偏他就是如此天真地期盼。

灰林鴞閉上眼睛，用額頭輕抵著她的劉海，沉重又疲累地嘆息。

露絲亞同樣心痛悲嘆，閉目一刻，淚水便如斷線的珍珠洶湧落下。

魔王與祭品都不明白，為何他們選擇了彼此，卻彷彿又在互相傷害。

酸楚又甜蜜，絕望又幸福，各種矛盾混合在一起，時間便彷彿在此刻停頓了。不知過了多久，門外傳來腳步聲，露絲亞嚇得想要逃開，卻硬生生被灰林鴞鎖在懷內，甚至還清楚聽見他的心跳聲。

「陛下，晚上好。」來者原來是照夜，她無視了房間內的窘境，自顧自恭敬行禮。「小的前來提醒，露絲亞該趕快回去祭壇作準備了。」

豈料灰林鴞依舊無視照夜的催促，半點也不願放手，專注地感受懷中少女因羞澀而散發的燥熱。

「……魔王大人？」

直到露絲亞吐出很輕很輕的呼喚，灰林鴞才依依不捨放開懷抱，稍微梳理她被弄亂的劉海，溫柔地叮嚀：「別勉強自己。」

魔王大人也請抓緊時間好好休息——她已經擺出這個表情了，然而她的關懷終究沒有化成話語。灰林鴞把一切收進眼底不說穿，默默目送她跟隨照夜離開。

魔女的絕望究竟是甚麼？

難道他們現在還不夠絕望嗎？

※　　※　　※

抓緊著最後一絲奢望，灰林鴞偷偷溜出巡邏隊，摒棄了所有休息時間繼續搜索魔女的故居，可惜依舊徒勞無功。

一夜復一夜的迷茫，他用力拍打翅膀，焦慮不已的氣流令細雪紊亂紛飛。找不到、哪裡都找不到——他忍不住仰天喘息，視線投落在層層疊疊的樹冠，才發現此刻的月亮比他想像中還要盈滿。

盈月了。

也就是說，剩下的時間不多了。

月圓之時，他便必須回到城堡，迎接那個一直拚命迴避的未來。

腳步一停下，壓倒性的絕望便如夜色蒙蔽所有感官。他頹然呆望這片彷如永無盡頭，憂鬱又壓抑的墨色森林，不管他如何努力，終究逃不出去嗎……

嘆息、吸氣。

驀然他察覺了，寒風中混雜了一絲血腥味。

那邊是……旱獺族的領域吧？灰林鴞萬分疑惑，趕緊順著氣味而滑翔，沒想到空氣中的腥臭愈來愈濃烈，最後他在一排茂密又筆直的樹幹前拐了個彎，一個突兀的地洞便大刺刺顯露眼前。

按捺著內心的凝重與不安，他從天降落，洞內的景象瞬間叫他震驚不已——放眼所見，這裡經歷過慘烈的一戰！

地底的天花被轟開一個大洞，內裡的建築頹垣敗瓦，魔物屍橫遍野。這裡本該是旱獺族的地底王國，如今比起王國，更像埋在雪下的亂葬崗。

這、怎麼會……究竟是誰幹的好事？

白雪飄落到崩塌得不成形狀的地板上，瞬間與地上的血液同化成殷紅。灰林鴞踐踏其上，血泊在黑暗中泛起了一波波漣漪。他輾轉來到大廳，只見旱獺酋長屍骸攤坐在王座，心臟位置血流如注。

是劍傷。

周遭還殘留著元素魔法的氣息。

他想要拾起腳邊一瓶破碎的玻璃瓶，豈料輕輕一碰卻被殘留的聖水灼傷了。

再回望從內部轟開的洞口，某個答案便立即在腦海浮現——

是勇者團。

近年不明來歷的襲擊持續發生，大大小小的魔族總是毫無先兆被一舉殲滅。而那個害魔界雞犬不寧的凶手，竟然就是數年前他曾遇見的勇者團嗎！

那些人類不但沒死，還在這段日子磨練出這種能耐？不對，這樣說不通……受襲的魔族名單中有些時間相近，距離卻相差甚遠，真的所有襲擊都跟勇者團有關嗎？

意外撞破更多謎團，灰林鴞帶著滿腦子的疑問飛返地面之際，杉林某處傳來了騷動。

難不成是剛剛的勇者團——他立即萬分戒備，只見沒多久樹冠間衝出數個身影，原來是鷹鴞們，奇怪的是他們神情相當焦急如焚。

「你們怎麼回事？」灰林鴞趕緊叫住了他們，這邊不是預定的巡邏範圍，為甚麼他們會在這裡出現？

鷹鴞們看見了灰林鴞，無一不如釋重負，欣喜若狂。

「陛下原來在這裡，真是太好了——」

「吾等回到駐點看不見陛下，多擔心會有甚麼意外！」

「報告陛下，吾等巡邏時收到旱獺族酋長的求救，其他兄弟已趕去協助——」

聽罷，灰林鴞心臟洞然跳漏了一拍。

「不可能！」他領著鷹鴞們來到地洞前俯視，真正的旱獺族已經被殲滅了，還有誰可求救？求救的那位更不可能是死在王座上的酋長。「那是陷阱，你們趕快回城堡匯報，剩下的全給我帶路去救援！」

情況刻不容緩，鷹鴞們卻沒立即領命：「可是陛下、成年禮……」

「我絕不能丟下你們任何一個。」灰林鴞斬釘截鐵表明想法，連自己的下屬也保護不了，這還算甚麼魔王？「多少鷹鴞出巡便多少鷹鴞回去，這是我的責任！」

這次鷹鴞們不再猶豫，立即遵照灰林鴞的命令兵分兩路。

到底是誰設下的陷阱？

魔界裡有誰能偽裝成他人魅惑別人？

絕對錯不了。

只有一種魔物有這種能耐——

衝出杉林群，灰林鴞與巡邏隊員來到一條冰封的河流，赫見誤墮陷阱的鷹鴞們全都受了重傷倒吊樹上，鮮血淌到地面，在白雪中綻放出朵朵殷紅。

何等侮辱的情景。

「還好吧？撐著點！」

「可惡……」

「有種就別耍陰招，出來對決啊！」

鷹鴞們怒不可遏，立即衝上前為同伴鬆綁。繩結解開、鷹鴞墜落，冷不防平靜的雪地亦在此時猛然隆起！

十多隻狐狸士兵駭然現身，攻其不備將鷹鴞小隊重重包圍。

「果然是你——赤狐！」灰林鴞怒吼出突襲者的身份。「近來各個魔族被偷襲，看來也是你的主意吧？」

「因為聽說陛下快生日嘛，所以我花了幾年時間籌備一份大禮。」身份被悉破，赤狐也不再躲藏了，他從樹幹後走出來，還諷刺地對他優雅行禮。「夜鶯族、飛駮鳥族、貓鼬族，對你忠心耿耿的魔族都被我殺光了！我還特意為他們保留全屍，喜歡嗎？」

果然……並不是所有神秘襲擊都是勇者團所為。他早就覺得奇怪了，數年前赤狐在城堡大鬧一場後就再沒有任何動作，原來他一直小心翼翼避開耳目，蠢蠢欲動至今。

「原本只是路過抓些獵物來消遣，沒想到魔王大人會親自大駕光臨！」赤狐用著驚訝的語調說話，表情卻滿是嘲弄。「沒有繼承力量是在城堡外閒逛甚麼？角鴞沒教你小孩子不要獨自亂跑嗎？」

灰林鴞沒把這番試探虛實的說話聽進耳，沒想到鷹鴞們卻怒了，他們紛紛獸化出利爪驟降，地上的狐兵亦張牙舞爪撲近——

尖銳的獠牙還碰不著半根羽毛，狐兵便出乎意料從半空狠狠摔回地面。只見灰林鴞雙手按在冰封的河面，十多列參差不齊的冰刺以他為中心迅速蔓延，最終魔化成冰蛇破土而出，狠狠咬噬著狐兵的尾巴，暫且抑制了敵人的行動。

鷹鴞們正要乘勝追擊，灰林鴞卻大叫喝止：「我們是來救援，不要戀戰！」不知對方還有多少伏兵，也不知自己的援兵要多久才到來，現在又滿是傷患，硬拚根本沒勝算。

鷹鴞們也立即醒悟現狀，即使多麼惱怒也只能咬牙切齒展開逃亡。

狐兵尾巴一掃，冰蛇粉碎一地，擺脱糾纏後便在後頭窮追不捨，一場追逐戰就此在雪林裡上演。

鷹鴞們在樹叢裡亂竄亂飛，然而揹著受傷的伙伴，任他們用力拍翼也始終飛不高、逃不遠，只要稍一緩慢，後方的狐兵便攀附樹上猛撲而來。

「原本還打算親自到城堡替你『慶祝』，真是掃興啊！」赤狐的挑釁亦從不間斷，甚至比狐兵明目張膽的攻擊更來得煩厭。「不過現在想想，反正只要把魔王的位置搶回手中，在哪裡殺掉你也沒差吧！」

灰林鴞伸手抓緊樹梢，層層疊疊的枝葉瞬間互纏扭結，魔化成一幅蛛網，一名鷹鴞恰好在蛛網結成前穿過，追在後頭的狐兵卻不幸撞成一團。

「你就這麼喜歡當魔王？你以為成為魔王就可以呼風喚雨、整個魔界都在手裡任意玩弄嗎？」尚算解決掉一個危機，灰林鴞終於忍不住回話。「別天真了！魔王只是個被各式各樣責任拉扯的傀儡而已，才不是你想像中般隨心所欲，任意妄為！」

「哇——啊，真是為難你了。」這番發自內心的說話，赤狐聽罷表情閃過一絲厭惡。「聽上去你似乎不太想當魔王呢，那我今天的叛亂還真是剛好。我們來交易吧？你讓位給我，我還你自由。」

異想天開的提議忽然蹦出，灰林鴞霎時不懂接話。這傢伙在說甚麼啊！這種事哪有這麼兒戲——

稍一分神，隨即險象環生，他魔化的守護獸延遲了數秒出現，防守線便差點給來勢洶洶的狐兵攻破。

「怎麼了，不是討厭當魔王嗎？那你跑就對啊，還在這裡委屈甚麼？」赤狐沒有停下他似是而非的言論，這也是計謀之一吧？利用言語擾亂心神！「責任？族群的生死？這個世上沒有兩全其美的吧？這些關你屁事的東西比自由重要嗎？」

眼見幾隻鷹鴞被擊落地面，灰林鴞立即剎停急降，魔化出石狼撞開敵人。

即使他的願望跟現實互相違背，他也不可能丟下鴞族安危，讓位給這個殘酷的傢伙——

即使赤狐的一字一句恰恰正中了心事，灰林鴞仍撇撇頭要自己專注迎敵，要是再分心，恐怕大伙兒就要死在一塊了！

灰林鴞只顧護送受傷的鷹鴞撤退，實在無法分神再召出甚麼保護自己，回神過來，赤狐赫然已近在咫尺。

「你是太乖，還是太蠢了？就只會逆來順受嗎？覺得不滿意，就算兩敗俱傷也該反抗到底啊？」赤狐的花言巧語，與其利爪一樣毫不給予灰林鴞喘息空間。「怎樣，交易想清楚了沒有？自由很寶貴的啊，不過──」

千鈞一髮，鴞爪撥開了狐掌。

就在鴞爪快要刺穿赤狐心臟的剎那，他當著灰林鴞面前，變化成十三歲的露絲亞。

自己的利爪，伸向了最珍惜的臉龐，整個噩夢成真般的情景震撼著灰林鴞每寸神經。

不、別被騙了，這只是幻象──半晌灰林鴞的思緒才恢復過來，眼角瞥見一道寒光橫閃而至，他立即拍翼躍後亦為時已晚。

「不過即使你讓位，這個人類女孩也不能跟你雙宿雙棲，當年她很可愛啊，現在應該更漂亮了吧？不管她的存在藏了甚麼驚天大秘密──」赤狐展露輕蔑的笑容，用沾了鮮血的手掌抓住自己的胸膛。「總之她裡裡外外都將會是我的。」

痛吟止於喉嚨，鮮血卻沿著灰林鴞左腹那條長長的傷疤流淌不止，明知動怒只會惡化傷勢，他仍然無法饒恕赤狐這個舉動。

他半跪在雪地，周遭的樹木驀然東倒西歪，樹根魔化成荊棘貫穿雪層，四面埋伏的狐兵猝不及防，紛紛變成尖刺上的駭人掛飾。

赤狐靈巧避過突如其來的陷阱，他踐踏士兵們的屍體衝破所有障礙，朝著灰林鴞衝去。灰林鴞早已雙手化爪，咬緊牙關準備迎戰——

一個魔法陣，倏地憑空出現。

龐大凶猛的長腳兀鷹瞬間化虛為實，厚重的黑翼伸展、拍打，搧出旋渦氣流，地上的積雪被捲起，赤狐與灰林鴞霎時看不清前方，被迫停下攻勢。

——鴞族的援兵趕來了。

角鴞率領著另一批鷹鴞前來救援，灰林鴞終於無須獨力支撐大局。

「我還以為即使沒有力量，你至少也是個有骨氣的傢伙。」茫茫雪海中，角鴞拉著負傷的灰林鴞潛逃，唯獨赤狐目中無人的話語伴隨寒風縈繞耳邊。「結果魔王只是個備受溺愛的小屁孩，真是令人沮喪啊，既然如此就不要怪我硬來了——」

「角鴞放開我！唯獨那個赤狐、我要親手——」眼見戰線愈來愈遙遠，灰林鴞卻沒有恢復理智，費盡氣力掙扎，誓要回去繼續與赤狐拚死一戰。

「請陛下認清自身的責任！陛下現在該做的是取回先祖的力量！」角鴞沒有就此罷休，

鍥而不捨一次又一次把失控的灰林鴞拉往城堡。「陛下應該很清楚，近年魔界都在談論鴞族血祭的真正企圖吧？

今天宰掉了赤狐，明天呢、後天呢？這個秘密早晚守不住，沒實實在在掌握力量，各個魔族只會不斷挑起戰爭。若然祭品落在別個魔族手中，他們會千方百計獲取力量，要是成功了，那時候她會是最可怕的威脅！」

彷彿沒聽見他的勸說，灰林鴞仍然倔強堅持：「只要我變得強大，把敵人統統殺光——」

「別天真了，陛下！事到如今還是不願面對現實嗎？」角鴞終於失去耐性，毫不客氣把灰林鴞推撞到樹幹，直接又殘酷地點出事實：「即使鴞族上下都同意暫緩成年禮，祭品都不可能在魔界平安無事終老！

她的下場不是由陛下賜死，就是被別個魔族關起來生不如死，要是不論哪個選擇都得痛苦，為甚麼不選一個對鴞族最有利的決定？為甚麼還要夜長夢多？

陛下請認清，鴞族需要的是力量而不是毫無建樹的人類——」

剎那間，灰瞳摒棄了所有情緒。

方才的怒火和不忿統統消散無蹤，灰色的眼瞳裡只餘下一片黯然，就像往日天天夜夜的訓練中，這是灰林鴞準備一擊獵殺魔物的神情！

角鴞錯愕一愣，沒來及擋下猛然襲來的利爪——

寒風在頸邊一掃而過，角鴞身後的狐兵遭一擊而斃，數條爪痕深深烙印在樹幹，一直俐落伸延至他身旁五、六棵樹。

雪林怦然沈寂。

擺脫了糾纏，灰林鴞索然使用潛行術消失於雪林中，不再爭辯也不告知去向。他始終未有傷及角鴞半分，然而這一擊卻又彷彿將角鴞徹底敲醒。

角鴞眺望幽暗的森林半晌，不再急切找回灰林鴞，毅然展開雙翼返回戰場指揮。

以往他還能以強硬手法催迫灰林鴞行動，如今即使關係了整個鴞族的存活，卻已經誰也沒辦法、也沒權限左右灰林鴞任何想法和決定。他只能告知一切最壞的結果，讓灰林鴞獨自思考利弊，然後獨自背負後果。

因為那個輕易被打得手腳骨折的孩子，早已不復見——魔王已經長大了。

「……但願陛下不會後悔此刻的每個選擇。」

※　※　※

宛如珍珠的圓月，終於高掛夜空。

位於鴞族城堡最高處的祭壇全然不見地上烽煙，這裡打理得一塵不染，散發著粉色光芒的花朵點綴每個角落，幽雅得猶如一個空中花園。

此刻露絲亞身穿精緻的白色紗裙，安坐在祭壇中央的石床，灰沉的大理石襯上純白輕紗，如此相異的顏色極端卻和諧。

「照夜，為甚麼魔王大人還沒來？」仰望夜空，露絲亞不禁有點擔心。成年禮應該在正值月圓舉行才對，為甚麼直到現在還不見半個身影？

聽罷，正在為她梳理長髮的照夜微微怔住，沒多久才回神繼續工作。

不能將灰林鴞被偷襲一事告知露絲亞——角鴞趕往救援前，曾向照夜再三強調不要節外生枝。

直到這夜，照夜仍得一如以往將所知的一切隱瞞下去。

是時候離開了……她默默為露絲亞套上銀製的首飾，再三確認已將露絲亞打扮得漂漂亮亮後，便一聲不響轉身離開。

她不打算道別，就像她從來不跟露絲亞打招呼、關懷問好，總是理所當然地出現在適合的位置，然後理所當然地適時退場——

「照夜。」露絲亞見她要離開，趕緊叫住了她。

看著她跑近的身影，照夜悠悠想起，這些年來即使表現得再怎麼冷淡，總會有個小女孩熱情地一而再、再而三跟在後頭，問東問西、吵吵鬧鬧。

今天，小女孩不再是小女孩，也不再跟在後頭了。

露絲亞來到她面前，牽起她瘦削又帶點粗糙的手，衷心衷心地道謝：「至今以來，謝謝妳的照顧。」

她的感激在照夜內心濺起無盡愧疚，烏瞳隨之泛起一抹波光。

照夜衝動地握緊露絲亞的手，欲言又止了一次、欲言又止了兩次，直到那雙無垢的藍眸笑瞇瞇地釋出疑惑，她終於鼓起勇氣，跨過築了多年的那堵冰牆——

「妳可以再稍微任性一點。」

多年來的千言萬語，全灌注在這短短一句說話中。

露絲亞還沒意會過來，厚重的大門已沉穩合上，寒風吹散了剛才的對話，祭壇驀然只餘下她一人。

直到此刻她才有實感，她的人生即將迎來盡頭。

仰望黑夜中的圓月，露絲亞忽然想起了兒時那本繪本。

「鴞族是這片大地最崇高、最偉大的存在……為了抵抗魔女的詛咒，獻上卑微的性命吧，奉獻的心臟將得到永恆的光榮。」她一字不差地唸出來，就像昨天才窩在沙發裡看過一樣。

「小時候她每天都引頸以待，希望自己趕快長大，只求盡快與憧憬中的魔王大人相見。

轉眼間，她長大了。

如今，她也坐在祭壇上了。

露絲亞合上眼睛，啞然苦笑。

任性的事，她一直在做啊。

譬如說，比想像中早了很多很多認識灰林鴞，一起玩樂、一起成長，現在還能打扮得漂漂亮亮在珍視的人懷裡死去。

聽照夜說，人類有個習俗，女孩子會穿上無垢的白紗裙，發誓將自己的下半生交予男孩，這不就像極了她現在所做的事嗎？

這一生雖然短暫，但她真的過得相當幸福。

云云眾生中，能被鴞族選上，賜予她這個使命，真是太好了——

屬於永夜之地的冰冷氣息，再度輕柔撫過臉龐。露絲亞悠悠睜開眼睛，沒想到這股寒風帶來了她最夢勞魂想的身影。

月夜之下，灰林鴞飛越城堡，直接從空中降落祭壇。

翅膀捲起一股微風，花香盈溢中，夾帶著絲絲腥甜的血味。

「你受傷了！」只見灰林鴞掩著腹部跪在地上，露絲亞也趕忙跪到他面前，揪起自己的裙擺幫忙按壓止血，純白的裙子瞬間染上片片殷紅。

灰林鴞受傷、成年禮延誤，城堡外到底發生了甚麼？露絲亞細看一下傷口，幸好傷勢沒有很嚴重，可是他也不能這樣放任不管啊……難道是治癒術沒有效嗎？

「我叫照夜來幫忙——」她還沒站起，猝不及防一度蠻力將她拉回去。「魔王大人？傷口雖然不深，可是不盡快處理的話……」

灰林鴞一直沉默不語，不論露絲亞如何勸說，依然自顧自緊緊擁著她不放開，霸道得似是要將她鎖在內心，不容任何人看見。

驀然，露絲亞感受到了。

灰林鴞在顫抖。

雙手凝在半空猶疑了片刻，最終溫柔地攀附少年的背部。

「不用害怕了啊。」露絲亞回抱灰林鴞，喃喃安撫。「我在這裡哪裡都不去，不用害怕……」

聽罷，灰林鴞安心，卻更絕望，把懷中的女孩擁更緊。

角鴞說得對。

該說，一直以來角鴞所說的、所教的，從來都沒錯。正因沒錯，灰林鴞反駁不到任何一句說話，也找不到反抗理由，只能乖乖被各式各樣的「正確」束縛著。

這個世界，誰也爭相攀上最高點，可是這條正確的道路在他看來只是一片荊途，每走一步他都苦不堪言。

對啊，他是太乖，還是太蠢了？

還是，他太貪心了？

最後的最後，他終究還是甚麼也不願放手。

「我會一直在魔王大人身邊，事實上我永遠也不會離開啊，我會在你體內得到光榮和永生。」這是露絲亞相信了一輩子，植入腦海根深柢固的思想，她從來都不怕死，只怕灰林鴞傷心。「所以魔王大人不必憐惜，為鴞族獻上性命本來就是我與生俱來的使命——」

「才不是這樣！才不是這樣——」灰林鴞憤然否定，卻又無從解釋。

她從來不必也沒有所謂的義務奉獻，因為害怕她憎恨自己，所以灰林鴞從沒糾正過，也沒告之她詛咒和血祭等真相。

撒下了很多謊言，隱瞞了很多事實。

不容她擁有選擇，她唯一能選擇的只有灰林鴞，如今他的自私，也一併將他推進絕望的深淵。

「我就是不要妳分擔甚麼，才一直這麼努力啊？可是不管再怎麼努力，整個世界都威逼我摧毀妳！」灰林鴞埋首露絲亞的頸窩，此刻的魔王非常脆弱不堪。「怎麼選都會後悔、怎麼決定都是不對！所有抉擇都像要把我拉扯得四分五裂……」

他真的累了，忍不住將那些極盡任性的想法盡情傾吐，儘管他知道根本不能逃避——

「——那我們逃啊？」

不可思議的選項灌進耳內，灰林鴞萬分錯愕抬頭，只見露絲亞稍微掙開他的懷抱，天藍的眼瞳流轉著無限希冀。

「就像小時候一樣逃出城堡，這次一起到達那座山吧？那裡或許還會有魔王大人跟我說過的溫泉？

我們在那裡建一間小木屋，砍柴還有狩獵的工作就交給魔王大人……哎，粗活都交給你了，這樣我能做甚麼？啊啊，對了！一般家事我還頗擅長的，現在洗衣服或打掃之類的也難不倒我了。

暖冬的時候一起外出堆雪人，寒冬的時候一起躲在室內烤蘋果派，入睡前一起看極光，睡不著便一起數星星。就這樣，我們兩個一起，沒有成年禮、沒有家族的重擔、沒有需要提防的敵人、沒有魔王和祭品——

只有灰林鴞和露絲亞，永永遠遠在一起。」

好，我們逃吧——灰林鴞想要一口答應，他卻發不出聲音，猶疑了。

彷彿早已預知他會猶疑，露絲亞沒有傷心和失落，只了然一笑。

「可是——魔王大人辦不到，對不對？

我知道，因為我一直看著啊。魔王大人沒辦法丟下任何人不顧而去，總是獨自背負著一切，總是一個人埋頭苦惱、思考很多，默默把所有辛酸和壓力吞下去，甚至努力過頭傷害了自己也毫不察覺。

魔王大人就是這麼溫柔、又有點笨拙，而我就是希望為這樣溫柔的魔王大人分擔，奉獻我僅餘的所有，用我的方式去守護魔王大人——

能夠成為你的祭品，是我這輩子的榮幸。」

灰林鴞儘管悲憤卻無言以對，她全都說中了，他沒辦法反駁。唯獨他還能看出，她的笑容出乎意料夾雜了絲絲苦澀。

如果這個離家出走計劃只是為了鼓勵他下定決心而臨時吹噓，為甚麼她要說得一臉憧憬又惋惜？

為甚麼她能描述得那麼仔細，就像構思了很多很多遍所以才能這麼倒背如流？

不要老是只為他著想啊？

偶然也讓他知道她的想法，讓他回應，不要總是把他拒之千里啊！

如果這就是她心願的話——

「露絲亞——」灰林鴞不甘心想要追問，驀然被某個東西震撼住了，不由得揪緊了她的手。「這是甚麼？妳從哪裡弄來的？」

「啊、這個嗎？」他忽然表現得相當執著，露絲亞不明所以地看看自己的手腕。「照夜跟我說，我出生時就配帶著這隻手鐲，那時候她偷偷藏起來了，現在還給我陪葬。說起來，正是因為這個才知道我的名字叫露絲亞——」

她手腕帶著的，正正是一隻似曾相識的銀製手鐲。

永遠的摯愛，露絲亞——同一款字跡，同樣的雕花和刻紋，跟他初遇勇者團時順手牽羊的那隻銀手鐲如出一轍。

這代表甚麼？

這代表露絲亞的親人奇蹟地仍然生存在世，還組成了勇者團，來勢洶洶想要尋仇。

頃刻，這些年來所有記憶如雪般零碎飛來，露絲亞的微笑、勇者團的厲害、赤狐族的叛變、角鴞的訓話、鴞族的重擔——一切一切在灰林鴞腦海混合盤旋。

圓月終於高掛夜空中央，皎潔的銀光傾灑祭壇，為永恆的黑夜帶來短暫光明。

這個世上沒有兩全其美，是嗎？

即使兩敗俱傷也要爭取到底，是嗎？

或許，現實並沒有他所想般絕望，當年一時的仁慈，竟換來了此刻的救贖。

「露絲亞。」迷茫已久的灰林鴞，終於作出決定，他輕喚心愛女孩的名字，灰瞳內閃爍著前所未有的決心——以及希望。

魔王的願望，一直以來都是卑微。

他只是想好好守護露絲亞，不希望她死。

如果城堡是個把他們囚禁的鳥籠，他的鳥籠會名為「鴞族」，那麼她的鳥籠則喚作「愛情」。

今夜，他要將她釋放，還她自由了——

「我該放生妳了。」

這個世界，沒有兩全其美。

如果當中必定要犧牲某個事物，那個選擇一定不是露絲亞的性命。

從來她都不屬於魔界，只因為魔女的詛咒，因為鴞族的自私，她才會出現在灰林鴞生命中。角鴞說得對，她身在魔界只會不停面對危險，可是如果她回到人間的話……

「放生？」露絲亞顯然沒聽懂他的決定，此刻換成她一臉迷茫。

「妳不需要奉獻，我不需要妳奉獻。」

「可是、我活著就是為了——」

「為自己而活吧，回去和妳的同類生活。他們當中有妳的親人，他們會好好引導妳回到那個世界——那個真正屬於妳的世界。」

「回去？同類？那個世界？不明白、我不明白——」

「我會永遠記住妳，在這世上活多久便記多久。」灰林鴞沒打算向露絲亞解釋，只要回到人間的話，她自然就會了解鴞族的一切惡行。「今後，妳會在這個世上遇見更多人和事，或許會活得更開心更幸福，或許不，但是為自己而活吧，做自己真心願意的選擇，不要再被誰擺佈了。」

聽著灰林鴞自顧自與她道別，露絲亞只覺心臟洞然被挖空一樣。

他說，不需要她奉獻了。

他說，她是受擺佈才會成為祭品。

他說，因此捨不得殺她，寧願還她自由——

「不是這樣、為你死是我心甘情願的決定！」她不曾如此惶恐不安，連帶不該坦承的心事，都在慌亂之中宣之於口。「不是任何人都可以，我只希望為你奉獻——」

察覺到灰林鴞的驚訝，她才恍然知道自己說錯話了，立即掩嘴噤聲。

「繼續說，沒關係。」灰林鴞溫柔地挪開她的手，忍不住滿懷期待凝望她。「我想聽下去，妳繼續說。」

他將她的手按在心房，露絲亞清楚感受到他鼓動不已的心跳。

就如她自己一樣。

妳可以再稍微任性一點——剎那間，照夜的鼓勵縈迴耳邊，給予她前所未有的勇氣。

「……雖然沒辦法決定誰是魔王，但我很希望那個對象是你。」露絲亞閉上眼睛，不敢直視灰林鴞，她只知道自己每吐出一個音調，臉頰便愈來愈燙熱。「而事實也是你了，沒甚麼比這個結局來得更幸福了……」

露絲亞悵然落淚，灰林鴞卻由衷甜笑。

她的喜歡，撇開接近宗教式的瘋狂崇拜後，還會剩下多少？

現在看著她紅著臉努力地表達，灰林鴞總算知道答案。

這樣，就夠了。

「我知道的啊，整個魔界都渴求著魔王這個位置，只要我體內的力量一天沒回歸鴞族，你也會像現在一樣不停面對危險。」露絲亞焦急又羞窘，明明她非常認真，為甚麼灰林鴞就是滿不在乎似的？「我不要、我不希望這樣，所以、拜託了──」

「我答應妳，即使沒繼承先祖的力量，我也不會輕易死去，我會變得比先祖更強大。」灰林鴞打斷她的說話，他曾承諾答應她任何要求，但是只要沒說出口，就不算是要求。「我永遠都會是魔王，妳永遠都是我的祭品，妳的所有甚至性命都屬於我，妳的生死都在我掌控之間──現在，我要妳活下去。」

露絲亞拚命搖頭拒絕，她張開嘴巴未及說話，灰林鴞便毅然湊近。

灰林鴞俯身，吻住露絲亞。

天藍色的眼眸湧現訝異，灰林鴞不容她拒絕似的，輕托她的頭，手心發出了淡淡白光，露絲亞便感到至今以來的愉快回憶，不由自主隨那白光蒸發煙滅。

眼前這個男孩，他承諾不會忘記她。

可是，她卻忘記了。

忘記他的一顰一笑、一言一語，忘記他的身份、他的名字、他的容貌。

甚至，忘記了現在與他的一吻。

最後，露絲亞還忘記了他這句話──

「我愛妳。」

第6章 殘月與晨曦

第6章 殘月與晨曦

鴞族與人類的交集，始於血祭。

一場又一場的血祭，不只拐來了祭品，也滋長出人類對魔族的怨恨。多年以來總有零星的人類嘗試闖入魔界，誓要砍殺魔王替摯親報仇。遺憾這個願望從未實現，他們不是大多死於邊界，就是絕望地無功而返。

如今，奇蹟出現了。

一行四人的勇者團，現眼匿藏在一個小山丘上。儘管人數單薄，卻有驚無險在魔界歷練了好幾年。

一隻用草葉折成的鳥，在城堡外悄悄徘徊了幾圈，便乘著寒風飄飄盪盪，來到勇者團匿藏的位置。女魔法師伸手接下，鳥瞬間化回了普通的草葉，唯獨葉片上烙印著細細碎碎的文字。

「翠西，那邊甚麼情況？」她正想細閱，沒想到原本在休息的女聖職者已醒來了，還迫切追問。

「城堡周遭都是像狐狸一樣的士兵，守衛很嚴密，我猜不太可能直闖進去。」被稱為翠西的女魔法師粗略看過葉片的情報，便甩甩綁成麻花辮的深藍長髮，聳聳肩表示沒轍。「倒是妳啊艾蜜莉，不多休息一會嗎？」

「我不累。」艾蜜莉也索性把隨風亂飛的金髮束成馬尾，翠綠色的眼睛看起來難掩疲倦。「我也不建議直闖就是了，畢竟並非每次也受神眷顧。」

就像上次他們誤闖旱獺魔物的洞穴，現在回想艾蜜莉仍有餘悸。雖然也多虧這樣他們才得知發動血祭的魔族身藏何處，可是這次面對的是魔王，不太可能硬闖就能成功吧？

眺望不遠處的古老城堡，艾蜜莉的神情凝重又不安，不自覺摸摸右手腕。儘管銀手鐲早已丟失了，她還是戒不掉這小動作，也忘不了那重量。

同樣，她也忘不了被大火燒得通紅的夜裡，仍是嬰兒的露絲亞被魔物抓走的那幕。

如今還差一步、只差一步了。

即將迎來最終之戰，艾蜜莉卻有點躊躇不定，她一直以來不敢想像的可能性，統統在此刻止不住地浮現。

如果、結局並不如她所堅信的那樣……

要是、露絲亞早已經——

忽然有人拍拍艾蜜莉的肩膀。

「不管結果如何，還有我們在嘛！」只見一名高大的橘髮少年展露出如陽光般的笑容，他開朗的聲線把陰霾一掃而空，使艾蜜莉心頭一暖。

「是啊，真是多虧你這個靠不住的傢伙。」翠西忍不住揶揄他。「每次就因為你慢半拍搞得大家亂成一團。老實說，傑明你那把勇者劍比你還可靠十倍。」

「沒錯，所以我都依賴她。」

「你這傢伙，稍微有點廉恥好嗎！」

傑明甩一甩手上的劍，彷彿在稱讚他一樣表現得自信滿滿，理所當然又惹來翠西連番吐槽，二人拌嘴的戲碼就這樣如常上演了。

「翠西、傑明，謝謝你們。」不過這次明顯就是為了她放鬆心情吧？艾蜜莉看穿了二人的心意，笑著道謝。

沒錯，事到如今她應該繼續勇往直前才對，可是還有甚麼方法繞過森嚴的守衛潛進城堡，宰掉魔王？神啊，請祢賜予指引——

艾蜜莉看著半空中的彎月，苦無對策之際，寒風戛然而止，取而代之是沉重的腳步聲，狂妄而奔騰地極速迫近。

「東尼，快給我醒來！」原本在吵架的二人也瞬間進入備戰狀態，翠西走到火堆旁，用魔杖狠狠敲醒還在酣睡的綠髮少年。

「痛死了！不就跟妳說過別這麼粗魯嗎！」

「東尼，後面！」

聽到艾蜜莉大叫，東尼才剛站起，便不問情由轉身高舉雙手，恰恰攔截了一隻由石塊組成的牛形魔物。

「這隻是甚麼怪物！」他在眾人當中個子最小卻意外地孔武有力，暴怒中的石牛不停亂甩打算擺脫糾纏，卻沒兩下反被他緊緊圈住頭部。

正以為成功制服了石牛，沒想到它瞬間在東尼臂彎中解體了！大大小小的石塊朝四面八方散開，眾人錯愕之際，石塊再次合攏，東尼冷不防被石塊纏住，嵌進了石牛的體內！

「可惡——」傑明握緊利劍不停揮劃，可惜沒有成功救出東尼，反而嚇得石牛落荒而逃。

石牛一直暴衝，撞斷不少樹木，間接開墾了一條瘡痍的道路。星光再無障礙灑落地面，大伙兒得以靈巧避開沿途的雜物，卻始終沒辦法拉近與石牛的距離。

只差一點點，還差一點點而已！

這場追逐彷如永無止境，轉眼間勇者團再身陷另一場危機。石牛撞開的不再只有墨黑的杉樹，還有一批又一批的狐兵。

「可惡，不是說好要小心行事嗎！」只見愈來愈多狐兵聽到騷動後趕來增援，石牛又載著東尼跑進城堡，餘下的勇者團員漸漸遭包圍，翠西不禁暗罵一聲。「傑明！你去救東尼，我跟艾蜜莉擋著外頭的狐兵！」

「咦、可是——」

「媽的給我照辦啊！」

翠西憤然把魔杖插進雪地，喃喃唸起咒語，左頰至鎖骨的符咒紋身發出淡淡藍光，周遭漸漸吹起了暴風雪。艾蜜莉在一旁替她施下祝福與加持，亦不忘召出光精靈轟走一堆狐兵，傑明見狀也不再猶疑，轉身走進城堡。

他一直跟隨雪地上的突兀痕跡追過去，沒多久便察覺這座城堡瀰漫著難以言喻的怪異。城堡內的積雪很少，卻又意外地冷清，地上沒有屍體，牆壁卻偶有血跡，甚至連建築物的崩塌也很新……

這裡怎麼、好像剛經歷完一場大戰一樣？

呯嘭！

一聲沉重的撞擊拉回傑明注意，只見石牛橫衝直撞，硬生生轟開一堵大門，它衝進空無一人的大殿裡，不閃不躲直撞牆上，由石塊組成的身體頃刻四處飛散，東尼也一併遭拋出來。

某個閃閃發亮的東西，亦混雜在石塊之中，飛落到傑明腳邊。

那是甚麼？他好奇拾起，不由得瞪大眼睛——甚麼啊，這不就是艾蜜莉幾年前丟失的銀手鐲嗎！

「這隻牛、怎麼搞的啊！」東尼立即一仆一繼地爬起迎戰，然而這次石塊沒有重組再生。

「總之人沒事就好啦，我們要趕快回去森林——」傑明把手鐲藏好，伸手打算協助他站好之際，一記崩塌的雜聲倏然響起。

遭受石牛撞擊的那堵牆倏地倒塌，沙土飛揚過後，一條螺旋梯便從牆壁背後顯露而見。怎麼堂皇大殿中，會出現一條秘道……傑明與東尼互望了一眼，甚有默契地一同往上爬。

螺旋樓梯一直向上空伸延，他們甚至在猜想這梯到底有沒有盡頭之際，寒風便幽幽從上方吹來，暗示他們快到終點。

是魔王的房間？

還是藏了秘寶的密室？

傑明緊握長劍，率先踏上最後一階梯級，沒想到呈現眼前的卻是一個美麗得如油畫的空中花園。

周遭的粉色花朵散發著淡淡的光芒與花香，一名金髮少女靜靜躺在花園中央的石床，潔白紗裙遺憾地染上血跡，朦朧的星光灑落恬靜的睡顏，少女的身影看起來夢幻而不實在。

「喂，不會吧？」東尼指指躺在石床上的露絲亞，滿臉不可思議。「真的給我們找到了？艾蜜莉的妹妹真的在世？」

傑明看著也不知如何回應，畢竟他也沒見過露絲亞，甚至她被拐走的時候還只是個初生嬰兒啊？正當他稍微鬆懈，手中的長劍「嗡」一聲自行往後一揮，恰恰擋下了背後突如其來的偷襲。

「哈哈哈——果然人類就是有方法找回同類！」傑明猛然回頭，不知何時赤狐竟出現他們身後，狂妄大笑。「謝謝替我找回失物，我終於全部接收這裡的一切，真正的稱霸為王了！既然那麼高興，就賜你們死個痛快吧！」

赤狐亮出了狐掌與尖牙，來勢洶洶撲近，他萬料不到趕走了鴞族、霸佔城堡沒多久，又馬上出現礙事的人類勇者團！不過也多得這兩個人類，他終於找到祭品的藏身地點。只要解破祭品少女身上的秘密，他就能真正成為魔界最強大的存在了！

「你就是魔王嗎！」不論是赤狐還是戰鬥，全都突如其來，傑明用劍擋下攻擊，並瞬間跟赤狐陷入對戰，雙方一時間爭持不下。「就是你發動血祭，塗炭生靈嗎！」

「是誰發動血祭有甚麼關係？」赤狐臉色一沉，似乎不喜歡有人在他面前提及鴞族，彷彿在否定他現在的地位無異。「反正人類多如螻蟻，偶然踩死一群也沒甚麼好在乎。」

「甚麼魔王？不就只是隻臭狐狸！」東尼厭惡地破口大罵。「只要宰掉你，血祭中死去的大家也能安息了！」

大力士護腕頓變火紅，東尼徒手拔起了沉重的石柱使勁揮舞，可惜敏捷的赤狐沒兩三下便已躲開如此橫蠻的攻勢，還召出了鬼火纏著東尼不放。鬼火並無實體，東尼再怎麼還擊也是白費氣力，突然他瞄到其中一顆朝傑明飛去，索性衝過去用身體擋下，捱了一記重擊。

可惜他的捨身相救仍未能替傑明完全解圍，赤狐猛攻之下終於找到了缺口，一掌落在傑明的胸口，將他整個人打飛至石柱。

「雖然你們快要死了，但給我記住——」赤狐不徐不疾，亮起利爪緩緩靠近。「魔王就是赤狐，站在魔界最頂端的魔物！」

正當他打算給傑明最後一擊，驀然雙腳被冰封在原地沒法走前半步，鬼火同時被不知哪來的光精靈吞噬乾淨。

傑明抬頭一看，原來是翠西與艾蜜莉趕來了！

兩名負傷的女孩互相扶持站在入口，翠西的魔杖還殘留著冰魔法的餘波，艾蜜莉則緊握著十字項鍊。

「傑明，是機會！」艾蜜莉大聲吶喊，要傑明趕快回神。

「盡情釋放我的怒火吧，堤蓓！」傑明一鼓作氣，呼喚著劍的名字，劍柄上的寶石立即綻放出異彩光芒。

赤狐沒來及意識到對方還有更厲害的後著，他正要高舉手臂硬擋，卻赫然連手臂也沒法挪用。

就像被某個隱形的傢伙，在背後扣住了他的手臂。

這難道是那傢伙的詭計——赤狐終於洞悉了整個局面，可惜他此刻只能眼睜睜看著勇者的劍刃毫無阻礙地落在肩膀，再俐落地揮劃到腰間。

結束了嗎？

多年來討伐魔王這場冒險，終於結束了嗎？

這個疑問，隨著赤狐的鮮血湧出而浮現在勇者團各人的內心，看著赤狐一動不動躺在血泊上，眾人仍然恍如夢中。

這個時候，艾蜜莉發現了更令她難以置信的事物——

「……露絲亞？」艾蜜莉乍驚乍喜，踏著疑惑的步伐，一拐一拐緩緩靠近，深怕只要用力一點，就會把這個美夢踏個粉碎。

她來到石床前，躊躇了一會才鼓起勇氣牽起露絲亞的手，喃喃讀出刻在銀手鐲上的文字：

「永遠的摯愛，露絲亞——」

這句子彷如咒語，剛才激烈的戰鬥也未能驚醒這睡人兒，現在話音方落，露絲亞便緩緩醒來。

闊別十六年，露絲亞跟艾蜜莉對上視線，淚光在姊姊的翠綠眼眸打轉，惶恐卻在妹妹的天藍眼瞳裡流露。

「你們、是誰……我是誰、我在哪裡……」睜開眼睛後一切都陌生不已，露絲亞在腦海翻找了很多很多遍，遺憾始終找不到半點線索。

她用心回憶，卻只翻找出零碎不堪的片段，像是雙手曾經斷成三折、不知為何渾身是傷、渾身是血，還曾到過一個寒氣極重的地牢。

漫天冰雪，很痛、很冷。

還有，很孤獨——

「不用害怕，已經沒事了。」驀然一聲溫柔的安撫貫進耳內，只見艾蜜莉依然緊牽她顫慄的手，不曾放開。「以後我會保護妳，妳不會再受傷害了。」

「……妳是誰？」

「我是妳的姊姊啊。」

「姊姊、是甚麼？」

「同一個爸爸，還有同一個媽媽，擁有和妳相同的血，而且比妳早出生的人。」

聽罷露絲亞依舊一臉茫然，此時傑明忽然想起了甚麼，趕緊上前。

「所謂姊姊啊，就是——」他從口袋拿出了失而復得的銀手鐲，套在艾蜜莉手腕裡。「在這個世界上和妳最親近的人。」

兩隻相同款式的手鐲終於碰在一起，同款的字跡刻劃著這對姊妹曾是父母的摯愛。

豆大的淚珠洶湧掉下，露絲亞看著手鐲，頓覺撕心裂肺的疼痛在體內轟炸開來。

為甚麼如此疼痛？

為甚麼如此悲傷？

露絲亞疑惑極了，可是連她自己也答不上來。這份悲痛猶如深藏在血液內好久好久，早已滲透在每寸神經，稍不留神便如現在般崩潰決堤。

「沒事了沒事了，我們回到人間，以後一起幸福快樂地生活。」她一定受了很多苦難了，不過沒關係，讓這個身為姊姊的，用餘生補償回去吧！艾蜜莉心痛地擁著妹妹，淚水盎然落下，身後的勇者團亦無一不動容。

「總覺得這個夜晚，充滿著各式各樣的奇蹟啊。」不只打敗魔王，還找回了艾蜜莉的手鐲，然後手鐲又帶著他們找到了露絲亞。這樣奇蹟中的奇蹟，東尼感到這輩子大概不會有第二次了。

「我說，再沒有比現在更適合使用它的時機了吧？」翠西拿出了唯一一幅能傳送到人間邊境的傳送卷軸，她曾經以為不會派上用場。「來吧，我們要凱旋回歸囉！」

他們四人在傳送卷軸前繞成一圈，卷軸伴隨翠西的唸咒散發著耀眼的光芒。

傑明與艾蜜莉朝露絲亞微笑，並伸出手無聲邀請。

萬事俱備，就只欠她的加入，露絲亞卻有點邁不出腳步。

為甚麼呢？

明明閉上眼全是痛苦的記憶，為甚麼她會強烈感到依依不捨？

就像即將拋棄甚麼。

也像被甚麼拋棄了……

「活下去。」

驀然耳畔傳來了這句說話，露絲亞驚訝回望，唯獨身後根本空無一人，只有被花朵粉飾得美輪美奐，卻空蕩孤伶的空中樓閣。

「活下去……」她喃喃重複著這句話，不知為何，她愈來愈確信自己必須要這麼做，就像一個必須執行的命令。

寒風輕吹，冰冷的觸感撫過臉龐，露絲亞不再躊躇不決，毅然接下朝她伸出的手，勇者團漫長的魔界之旅，正式擁有最美滿的結局。

比起快樂。

比起幸福。

她更純粹希望——

「為自己活下去！」

露絲亞奔向那充滿未知的耀眼光芒之中，準備展開嶄新的人生。

強光驟然一閃，五名人類便消失於黑夜中，返回原本屬於他們的世界。

一個身影憑空現身於祭壇，呆望著眾人消失的位置半晌，才拖著沉重的步伐走向奄奄一息的赤狐。

※　※　※

「說實在，你很厲害也很聰明，不論是口才、計謀和野心，我全都遠遠不及你。」灰林鴞半跪在他身旁，無視對方半死不活，有一句沒一句地傾吐真心話。「只是你似乎忘記了，弱小的東西是會成長的啊。」

他故意命令整個鴞族撤退，丟下空空如也的城堡，引赤狐族內進然後一網打盡。那時候他還帶點忐忑，沒想到這個臨時意起的計劃會如此順利，赤狐居然連懷疑也不懷疑一下，大搖大擺走進魔王殿，完全投入這場魔王級的家家酒遊戲中。

灰林鴞實在不解，明明只憑他一個已能成功掩護整隊受傷的鷹鴞撤退，赤狐怎麼還認為他像數年前一樣弱小？不過，要是赤狐懂得謙卑一點，多點戒備心，大概也不會囂張得單獨挑釁勇者團了吧？

究竟赤狐是自視甚高，還是低估了敵人的實力啊？

算了，事到如今甚麼也沒差。

灰林鴞狠狠踹了赤狐一腳，鳥爪俐落貫穿心臟的瞬間，失去焦點的狐狸眼睛倏地睜大。

「早就跟你説過，魔王並不如你想像中般隨心所欲。」鳥爪之下，赤狐的皮肉血液漸漸消失，化成力量湧進灰林鴞體內。「對了，謝謝你早陣子發人深省的説教。」

「奪取」一直施放到最後，地上只剩下一具曾經名為赤狐的白骨，張開的顎骨內似是塞滿了無窮無盡的悔恨。

總算結束了嗎——

雙腳未及站穩，灰林鴞馬上被一股無形的力量重重壓倒。

「嗚……」他失去平衡跪到地上的一刹，整個地板陷落了，深淺不一的裂縫以他為中心伸展開去。

他體內不只有赤狐的力量，還有虎、蒼鷹、吸血蝠……之類之類的，太多了霎時他也數算不清，總之凡是參與叛變的魔族，他也利用潛行術把那些首領一一暗殺掉。

那些亂七八糟的魔物，即使死了也要繼續叛變嗎？灰林鴞揪住胸口，只感每次呼吸也千刀萬剮。奪取過來的力量還沒有好好融合馴化，就像猛獸一樣困在灰林鴞體內拉扯撕咬，這種痛苦真是久違了……

不過，他可不能就這樣倒下。

即使再痛苦也得撐住。

灰林鴞咬緊牙關站起，此時角鴞和照夜也恰好從夜空中降落祭壇。他們看到潰不成形的祭壇，還有灰林鴞強裝鎮定的神情，照夜不免顯得擔憂，角鴞卻仍一臉淡然。

「我的猜測沒錯，這次的勇者團絕不能跟之前的人類相提並論，幸好我們找了赤狐做代罪羔羊。」灰林鴞一記踢走頭骨。

得悉地上的那具白骨原來是赤狐，照夜頃刻眼前一亮。「角鴞，我吩咐你辦的事怎樣？餘下的狐兵如何了？」

「在下已遵照陛下命令，先具現一批雪怪打亂他們陣營，再派出鷹鴞將之殲滅。當時人類法師施法刮起暴風雪，恰好成了掩護，行動非常順利。」不只擺平了叛亂，連勇者團也一併瞞騙過去，所有危機也解除了，角鴞卻仍有隱憂。

照夜一雙翅膀蓄勢待發，罕有地急不及待插話，同時也點出了角鴞的擔憂：「請陛下告知露絲亞的藏身之處，讓小的前往迎接。」

「不用了。」豈料，她的魔王卻只淡淡回應——

「露絲亞已經被勇者團帶回人間了。」

照夜訝然不語，角鴞則神色一沉。

「借刀殺人，也得付上相對的報酬才公平。何況角鴞不也說過，露絲亞留在魔界只會不停遇上危險嗎？那麼將她安置到遠在天邊的人間當然是最安全的做法。」灰林鴞刻意無視他們的錯愕，神色自若唸出他準備已久的台詞。「我們現在可沒時間和兵力攀山涉水跑到人間抓她回來，再者，即使沒有繼承先祖的力量，只要變得比祖先更強大，把意圖來亂的傢伙全部殺光就可以了吧？」

他是太乖、還是太蠢？太自私、還是太貪心？

就如赤狐所言，或許是身邊的人太疼愛他了，不論是照夜、角鴞還是露絲亞，總是無條件給予他退路，所以他總是猶疑不決，沒有摒棄所有的決心、沒有舉步前進的勇氣。

如今很好，他再沒有後悔的餘地了。

角鴞直直盯著灰林鴞，一貫冷徹的金黃色眼眸此刻看來相當複雜。對方在考量甚麼，灰林鴞從來沒辦法窺探出來，然而他卻不認輸似的，不閃躲不迴避，倔強地與之對峙。半晌過去了，灰林鴞正以為角鴞會出言責備，沒想到他一反常態，默默下跪行禮。

「內亂的善後工作繁重，在下先行告退。」角鴞出乎意料沒有反對，甚至也沒有阻止或勸說，只領著照夜藉故離開。

照夜看著灰林鴞的背影，表情百感交雜，然而最後她也選擇默不作聲，趕緊追上角鴞的步伐。

祭壇恢復靜寂，連帶花香也再次悄悄盈溢。

灰林鴞緩緩呼出一口氣，終於所有發展都如他所願，縱使他仍囚在鳥籠之中，然而也總算踏上實現願望的路途。

終於掙脱束縛，今後卻沒有任何依賴了。

即使再苦不堪言，往後也得獨自面對。

他必須堅守這份覺悟，來守護最深愛的少女。

灰林鴞回望石床，那裡早已無空一人，他卻彷彿仍能看見某位少女的身影、聽見她的聲音，站在雖遠猶近的距離並朝他羞澀甜笑。

能夠成為你的祭品，是我這輩子的榮幸——寒風輕吹，那個微笑的臉龐、那段甜膩膩的告白便隨風消散，只剩下夜空的天際不知不覺混雜了絲絲金白。

就像那位少女的髮絲一樣。

……沒時間哀傷了。

眼前閃過一幕幕細碎的畫面，灰林鴞費盡氣力閉上眼睛，決斷所有追憶。當灰瞳再睜開之時，所有感情都已鎖進內心深處，軀殼外只剩下一片漠然。

他不再依附別人的力量存活，必須以自己的方式成為真正震懾魔界的魔王。

「不管是誰，要是打算做出傷害妳的事，我都會轟走他——」

灰林鴞展翅撲進寒風裡，他在殘月中迎來了晨曦，從此踏上追求力量的征途。

（下集待續……）

後記

剛看完這個故事的您，幸會，我是灑霜。

我一直猜想，如果有人是由《黃昏交會的 A.M. 與 P.M.》跑過來這邊，說不定會感到水土不服？雖然同樣是以愛情為主軸的故事，然而文筆、節奏，甚至整個風格都翻天覆地似的。其實《魔王祭品》早已於 2016 年完成，比《A.M.P.M.》還要早幾年。若然要說這是我早期的文風，不如說這才是我的正常發揮，反而《A.M.P.M.》更像是被雷劈中，靈光一閃的作品。

總之如果沒有嚇跑大家就好了……當然要是喜歡這作品的話是我的榮幸！

《籠中魔王與祭品少女》上集是一部浪漫又淒美的悲劇。

悲劇並非指生離或死別，而是角色們拚命掙扎，與命運對抗，最終卻沒任何人獲得救贖。魔王與祭品不介意自我犧牲，可惜正是這份無私的付出將對方推進深淵。

灰林鴞看起來生活無憂，卻自幼背負著眾人的期望。「這是為你好」、「必須正確無誤」之類的話語對他而言簡直是個魔咒，加上他本來就是個乖巧懂事的孩子，自身的責任感更令他喘不過氣來，所承受的壓力無處釋放亦無人理解。

反之露絲亞雖然身世坎坷，整個人生幾乎建築於謊言之上，諷刺的是，她卻是眾角色中相對幸福的一個。她不是一位等待拯救的可憐公主，始終她壓根兒沒覺得自己需要被拯救，甚至反過來傾盡自己一切來愛護身邊每一個人。

究竟如此充滿奉獻心的少女，失憶回到人間後會有什麼遭遇和改變？無奈向命運低頭，捨愛成王的少年，後來會邁向哪種未來？天隔一方的倆小口還有機會重逢嗎？先容許我賣個關子，請繼續支持並期待《籠中魔王與祭品少女》的下集囉——

在這個時勢，悲劇向的故事恐怕難以受到喜愛，所以我真的非常感謝天行者出版願意賜予機會。不過我相信，悲劇不會是終點，只要我們活著、堅持走下去，最終會迎來璀璨的未來吧？

還要謝謝非常盡責又不吝嗇給我意見的責編Ada，也要謝謝Chiya老師製作出如此精美的書封，將書中的氛圍完美呈現之餘，還細膩地描繪出角色們的個性和氣質，非常厲害！對了，那隻貓頭鷹爪子真的超級無敵可愛，我真的好喜歡！

最後也要謝謝小鹿老師、夜透紫老師、筆尖的軌跡、鬆餅、小四、東南，謝謝每位願意陪伴著、一直鼓勵我的親友們。

感謝沿途有光。

最後，謝謝願意閱讀這部故事的您。

所以說那個下集呢？

對不起還在趕稿中……我會努力的、總之會盡快的……

期待下次有幸再和您相會。

奇幻系 01

籠中魔王與祭品少女

作者	灡霜
出版經理	Sherry Lui
責任編輯	黃穎施、謝鑫
封面插圖	Chiya
書籍設計	Kathy Pun
出版	天行者出版有限公司 Skywalker Press Ltd. 九龍觀塘鴻圖道 78 號 17 樓 A 室
電話	(852) 2793 5678
傳真	(852) 2793 5030
出版日期	2020 年 5 月初版
發行	天窗出版社有限公司 Enrich Publishing Ltd. 九龍觀塘鴻圖道 78 號 17 樓 A 室
電話	(852) 2793 5678
傳真	(852) 2793 5030
網址	www.enrichculture.com
電郵	info@enrichculture.com
承印	嘉昱有限公司 九龍新蒲崗大有街 26-28 號天虹大廈 7 字樓
紙品供應	興泰行洋紙有限公司
定價	港幣 $88　新台幣 $350
國際書號	978-988-14685-1-2
圖書分類	(1)流行文學　(2)小說／散文